D1486392

Les mains si blanches de Pye Chang

roman

Données de catalogage avant publication (Canada)

Allard, Francine
    Les mains si blanches de Pye Chang
    (Roman)
    ISBN 2-89031-388-3

    I. Titre.

PS8551.L547M33 2000   C843'.54   C00-941137-2
PS9551.L547M33 2000
PQ3919.2.A44M33 2000

La réalisation de cet ouvrage a été rendue possible grâce à des subventions du ministère de la Culture et des Communications du Québec et du Conseil des Arts du Canada. Nous reconnaissons également l'aide financière du gouvernement du Canada par l'entremise du Programme d'aide au développement de l'industrie de l'édition (PADIÉ) pour nos activités d'édition.
Gouvernement du Québec – Programme de crédit d'impôt pour l'édition de livres – Gestion SODEC

Mise en pages : Sophie Jaillot
Maquette de la couverture : Raymond Martin
Illustration de la couverture: Tamara de Lempicka, *Rafaela the Beautiful*, c. 1927

Distribution :

Canada
Diffusion Prologue
1650, boul. Louis-Bertrand
Boisbriand (Québec)
J7E 4H4
Tél. : (450) 434-0306

Europe francophone
Librairie du Québec / D.E.Q.
30, rue Gay Lussac
75005 Paris
France
Tél. : (1) 43 54 49 02

Dépôt légal : B.N.Q. et B.N.C., 3ᵉ trimestre 2000
Imprimé au Canada

Les éditions Triptyque
2200, rue Marie-Anne Est
Montréal (Québec) H2H 1N1
Tél. et téléc. : (514) 597-1666
Courriel : tripty@generation.net
Site Internet : www.generation.net/tripty

Francine Allard

Les mains si blanches
de Pye Chang

roman

Triptyque

Je dédie ce roman à Pierre Cardin.

Et je lui jure que je l'aimais. J'aurais dû le lui dire avant qu'il ne s'envole du seizième étage comme ces oiseaux noirs emmurés dans le pire des silences.

On revient toujours gueuler sur la tombe de sa mère comme un chien abandonné. Jamais plus, jamais plus, jamais plus.

La psychanalyse cherche à nous enfermer dans le carcan de ses propres perversions.

La promesse de l'aube, ROMAIN GARY

Chapitre 1

Les romanciers sont de parfaits menteurs.

Ils cachent derrière des personnages fictifs, affirment-ils, les personnes qui ont fait d'eux les écrivains qu'ils sont devenus, bons et surtout mauvais. Utilisant la fiction, les romanciers se mentent à eux-mêmes. En réalité, ils préfèrent se mentir. Dans chacun de leurs ouvrages, ils camouflent, ils transforment, ils inventent. La réalité les blesse trop. Les romanciers peuvent régler leurs comptes en laissant leurs personnages s'égratigner entre eux. C'est alors moins douloureux. Les romanciers deviennent eux aussi des observateurs.

J'ai dû attendre la souffrance avant d'écrire un vrai livre.

La vingtaine de mes œuvres qui s'empoussiéraient sur les rayons des bibliothèques publiques n'étaient que des effleurements. Il faut souffrir vraiment pour écrire une œuvre remarquable. Avant, je ne souffrais pas assez.

Ayant fréquenté pléthore d'écrivains, me gavant de la lecture des critiques littéraires des journaux, j'ai rapidement constaté que les auteurs débonnaires, les gais lurons de la littérature ne reçoivent pas de prix, ne sont jamais célébrés. Ils hantent inutilement la liste banale des écrivailleurs anonymes.

J'ai toujours été de ceux-là. Parce que je ne paraissais pas souffreteux comme Gilles Archambault. Parce que je faisais rire les gens. Et que les gens n'avaient jamais perçu le début de ma souffrance. Une douleur qui avait pris naissance du côté droit de mon front, à deux centimètres de la tempe. On ne reconnaît pas la souffrance chez les écrivains amusants.

Vous n'allez pas savoir qui je suis. Je m'appelle Sylvain (première menterie). N'y a-t-il pas lieu de protéger les miens? Il est très difficile d'être un véritable écrivain quand ta famille te surveille du coin de l'œil. Aux aguets, elle ne désire surtout pas se reconnaître dans tes livres. Alors, je dois moi aussi mentir. L'écrivain qui ne ment pas est détesté par sa famille. Ou alors, il doit constamment rassurer: ce personnage, il te ressemble, mais ce n'est pas vraiment toi.

Le romancier peut ainsi s'en sortir sans trop de blessures. Le poète aussi. Surtout le poète. Ténébreux, il peut être assuré d'une chose: personne ne comprend ce qu'il raconte. Les mots ne sont devenus que des sonorités. Du rythme, de la musique. C'est pas la vie, ça! Tu décris des émotions que personne n'arrive à expliquer. Tu restes bougon, tu entretiens une grande tristesse, et le monde entier te concède le titre de grand écrivain. Tu ne dis pas «je suis poète» comme tu dirais «je suis romancier». Le poète impose la déférence. C'est pour ça qu'il y a plus de gens qui écrivent de la poésie qu'il y a de gens qui en lisent. Écrire de la poésie est un acte de pur égoïsme. C'est moi qui dis ça. Surtout que tu n'as pas à remplir les pages en entier. Quelques lignes éparpillées suffisent. Quelques mots extirpés d'une langue archaïque. Quelques caractères alignés sur du très beau papier. Aurait-on idée de publier de la poésie en *paperback*? Les poèmes ne se vendent presque pas, mais il leur faut du papier de la meilleure qualité pour se coucher dessus. C'est peut-être pour ça qu'on s'endort en les lisant.

La poésie est faite pour être écoutée. Pas pour être lue. Parce qu'il n'y a pas grand monde qui sache lire de la poésie. Seulement certains poètes comme Raôul Duguay. Lui, il ne se prend pour personne d'autre, comme dit Père. Il lit de la poésie comme on chante un air de *La Bonne Chanson*. En souriant. Même quand il prononce des paroles douloureuses, Raôul sourit.

Les autres lisent en s'arrachant le cœur et en agonisant sur la pointe d'un sanglot. Et ça, personne n'apprécie vraiment. Parce que personne ne croit tout à fait qu'un interprète de poésie puisse souffrir autant devant le public sans avoir honte. Personne n'y croit, sauf les personnes qui se laissent impressionner par tout et par rien.

Moi, je suis un auteur. Pas tout à fait un écrivain encore. Mais j'y aspire. D'abord je lis tout. Un aspirant écrivain doit lire beaucoup. Pour se dégoter un style. Pour ne pas commettre les mêmes erreurs que les autres. Pour nourrir son âme et aussi pour se consoler.

Je répète que je m'appelle Sylvain parce que vous pourriez l'avoir déjà oublié. J'ai cinquante ans. Ça fait presque dix ans que je raconte des mensonges. La pute, dans mon premier roman, c'était ma cousine Manon. Je vous l'ai dit que les romanciers savaient mentir. Et l'amant alcoolique dans *Espoir pour demain*, c'était mon père. Il s'est reconnu. J'ai eu beau lui jurer que Gaston sortait de mon imagination, il ne m'a pas cru. Il est vrai que mon Gaston buvait lui aussi du Jack Daniels. Bon. Ça pouvait être une coïncidence après tout. Mon Gaston avait l'index manquant à la main gauche. Père se l'est passé dans une tronçonneuse en 1967. Enfin. Mais je vous jure que Gaston est un type bien. C'est Père qui n'a pas compris. D'où la nécessité pour les romanciers de cacher la vérité ou d'oublier qu'ils font partie d'une famille.

Je ne fais pas qu'écrire des romans. Je ne pourrais pas en vivre. Je suis aussi confiseur. J'ai une petite boutique de friandises rue Saint-Denis. Ce qui est bien, c'est que la plupart des écrivains montréalais ont situé, un jour ou l'autre, au moins une scène de leur bouquin rue Saint-Denis. C'est parce que dans la rue Saint-Denis, au cas où vous ne la connaîtriez pas, les restaurants sortent à l'extérieur quand il fait soleil. Vous, vous marchez l'estomac creux, et eux, ils n'ont qu'à vous cueillir pour vous le remplir. Ils appellent ça des terrasses. Et les itinérants vous regardent bouffer avec de la haine dans leurs yeux jaunes. Et ils vous font rougir de honte d'avoir des escargots à l'ail dans votre assiette alors qu'eux, les escargots, ils n'en ont rien à foutre à part de leur ressembler parce qu'ils n'ont pas de dents dans la bouche! On n'a qu'à ne pas les regarder, c'est Père qui dit ça.

Une confiserie, ça permet à l'écrivain que je suis (ou que j'aspire à être) de sucer des bêtises de Cambrai en songeant à celles que j'écrirai une fois revenu à la maison.

Mes friandises préférées sont les bonbons à la violette. Lorsqu'ils finissent par fondre, ils libèrent un petit grain d'anis.

Depuis ma tendre enfance, j'ai toujours préféré les bonbons qui se terminent sur quelque chose: sur un centre liquide qui se répand sur la langue, ou une amande. Sans cela, les bonbons sont insignifiants. Ça ne donne pas grand-chose de passer des heures à les sucer. Le grain d'anis, lui, me fait penser au pastis que mon père fabriquait avec l'alcool sorti de son alambic. Chaque automne, il barricadait les fenêtres du sous-sol durant plusieurs jours pour siphonner sa gnôle à 90°. Je n'avais pas alors la permission d'inviter des copains à jouer dans la cave. Surtout Bertrand Allaire qui était le fils d'un policier. De toute façon, toutes les raisons étaient invoquées pour m'empêcher de recevoir des amis à la maison.

Ma mère détestait les «p'tits» Michaud et encore plus le «p'tit» Richard. Les enfants des voisins n'étaient jamais assez bien pour son fils unique. Le psychologue dit que je suis devenu snob, même si on ne peut pas tellement être snob avec un nom comme Sylvain Dupont.

Choisir le prénom d'un personnage est un exercice énorme pour un auteur de fiction. C'est comme si toute la vie en dépendait. Je dois dire que pour certains personnages, c'est une évidence. Si Emma Bovary s'était appelée Cécile Joanette, les choses n'auraient pas été pareilles pour elle. Ou si, au lieu de D'Artagnan, on avait eu le capitaine Duchesneau, on ne s'en serait jamais remis. Et Alexandre Dumas n'aurait pas été content.

Père répète à qui veut l'entendre que ça lui serait égal parce qu'il déteste les «maudits Français». Il ne voit aucune différence entre la duchesse de Langeais de Balzac et celle de Michel Tremblay. Mais je me doute de quel bord son cœur balancerait. Il abhorre la fifure. Les Français, les Noirs et les homosexuels. Son éducation a fait d'inqualifiables ravages dans sa tête. Il dit aussi que c'est normal qu'il soit raciste. En 1925, il n'y avait qu'un couple de nègres à Verdun (c'est lui qui les appelle comme ça parce qu'il prétend que ce sont les Noirs eux-mêmes qui se qualifient de *niggers* et que cela lui donne la permission de les nommer ainsi). *Mr. and Mrs.* Williamson n'étaient pas non plus catholiques. Ils n'avaient pas d'enfants et, le dimanche, ils se promenaient fièrement sur le *boardwalk* au bord du Saint-Laurent comme si c'eût été un fleuve d'Afrique. Et ça, Père ne supportait pas. Il exécrait la fierté lorsqu'elle n'avait pas sa place.

Père aime me proposer des noms pour les personnages de mes romans. Quand une personne de son entourage agit avec bizarrerie, il me téléphone: «Sylvain, tu devrais appeler ton prochain personnage Urbain Turcotte. Ce serait bon!»

Je dis toujours oui, mais c'est pour ne pas le froisser. Il aurait aimé être à ma place. Écrire des livres. Alors, parfois, j'accepte d'appeler mon prochain personnage Urbain Turcotte. Ainsi, Père a un peu l'impression d'avoir eu quelque chose à voir avec mon bouquin. Alors, il ne peut pas le détester. Père ne comprend pas que tous mes romans sont imprégnés de lui, qu'ils en sont parfois infectés jusqu'au trognon. Et que j'ai souvent envie de vomir tellement Urbain Turcotte me fait chier!

Lorsque j'y pense, les écrivains qui utilisent des noms québécois ne sont pas une armée. Ils préfèrent les noms exotiques qui leur assurent plus de crédibilité. Sauf Michel Tremblay. Lui, il a compris qu'il n'y a pas plus exotique pour les lecteurs français que les noms de chez nous. Et les lecteurs français l'aiment parce qu'il a les deux pieds dans notre terroir. Comme Gide, Giono et Pagnol avaient les pieds plantés dans leur terroir à eux. C'est la raison pour laquelle nous les avons aimés, non?

Moi, je n'aime pas beaucoup lire les romans québécois. J'aime Alessandro Baricco et Romain Gary. Mais, dernièrement, j'ai lu *La petite fille qui aimait trop les allumettes* de Gaétan Soucy parce que les Français ont tellement vanté ses qualités que je n'ai pas pu résister. J'ai acheté son livre avec la rage d'un adversaire en me disant: «Voyons voir!» Il arrive que les écrivains se procurent le bouquin d'un autre juste pour pouvoir le détester davantage. Se dire: «Tiens, il a fait une faute ici» ou «Il n'a aucun style». Je me suis planté devant la petite fille qui aimait trop les allumettes en me glissant dans la peau d'un de ces critiques littéraires qui jettent la terreur dans la vie des écrivains. J'ai adoré cette œuvre de Soucy. J'ai procédé ensuite à son autopsie. Pour voir comment elle était faite. Pour savoir surtout pourquoi l'intelligentsia des culturés l'a tellement aimée. J'ai cru percevoir l'œuvre d'un type un peu infatué, mais aussi celle d'un écrivain libre. Soucy ne s'est pas claquemuré dans un style où les mots s'imposent à la suite d'un enseignement rigide. Tout chez lui éclate: ses mots, ses idées, ses phrases qui se succèdent par à-coups. Trois mots, un point. Trois autres. Un point.

Ce que j'ai trouvé étrange cependant, c'est qu'un écrivain aussi accompli puisse parsemer son texte d'autant d'incertitudes. Il y a des douzaines de «si je puis me permettre, j'en reparlerai plus tard si vous le permettez, si c'est ainsi que cela se dit». Ça, je n'ai pas aimé. Je n'aime pas qu'un écrivain s'excuse à tout propos. Qu'il ne soit pas sûr de lui. Qu'il ne domine pas ses lecteurs comme un professeur possède ses étudiants. C'est ça. Un écrivain doit posséder ses lecteurs de la même manière qu'un chanteur populaire possède ses groupies. Mon amie Louise, qui est directrice littéraire dans une maison d'édition de qualité, prétend que les écrivains doivent posséder un fan club. Qu'ils doivent être traités comme des vedettes s'ils veulent vendre des livres. Louise fait tout pour cela.

Mon amie ne m'a jamais publié. Et c'est beaucoup mieux pour notre amitié. Ainsi, on ne se dispute jamais. Elle préfère être libre pour dire ce qu'elle pense vraiment, alors que l'amitié est une entrave à la franchise. La plus grave, selon moi.

Louise reçoit des centaines de manuscrits. Surtout de la part de vieilles personnes qui racontent leurs souvenirs. Des fois, elle en a marre. Mon amie recherche de futurs écrivains. Des auteurs qui vont se démarquer des autres. Pas des pépères en mal de reconnaissance, comme d'anciens combattants qui reviennent sans cesse sur leurs vieux combats. Des grands-pères torturés par le remords d'avoir eu des relations incestueuses ou des aïeuls hantés par une terrible enfance à la campagne: «Nous n'avions rien, vous savez. Nous étions seize-z-enfants, vous savez.»

— Je comprends, mon pauvre monsieur, lui répond Louise en feuilletant nonchalamment le manuscrit tapé sur une Brother portative 1950, par deux index racornis.

— Merci, ajoute le vieil aspirant, se voyant déjà au lancement de son livre.

— Que lisez-vous ces temps-ci? ose encore Louise l'éditrice.

L'homme hésite, toussote et lance négligemment, ne sachant pas que sa carrière vient justement d'avorter.

— Actuellement, j'ai le nez dans *L'Encyclopédie de la Seconde Guerre mondiale* en 57 fascicules. Je n'ai pas le temps pour les gros romans, vous savez.

Louise range alors le manuscrit du monsieur sur la tablette de son armoire.

— Je vais le faire lire par mon comité de lecture (on sait très bien qu'il n'existe pas vraiment) et vous donner une réponse dans six à huit semaines.

L'aventure amoureuse entre un nouvel auteur et une éditrice vient de s'achever. Lui, il le saura dans environ deux mois.

C'est pour cette raison que mon amie Louise tient à rencontrer chacun des auteurs, parce qu'au téléphone la prétention est reine. En personne, Louise arrive à débusquer les fraudeurs. Les gratte-papier qui ne reviennent que sur leur propre histoire et qui, ensuite, n'auront plus rien à dire.

Louise est une excellente éditrice. Et elle ne me publiera jamais. Cependant, elle achète mes confiseries. Une fois la semaine, elle se procure chez moi assez de bonbons pour remplir la bonbonnière de sa mère qu'elle a placée sur son pupitre d'éditrice (pas sa mère, évidemment).

Je suis content parce que les bonbons rendent les gens heureux, alors que les mauvais manuscrits provoquent d'inénarrables discordes. C'est mieux ainsi parce que ce n'est pas moi qui fabrique les nougats à la pistache. Par contre, c'est moi qui écris des livres qui pourraient ne pas plaire à mon amie Louise.

Il n'y a jamais rien eu entre nous. C'est une manière de parler parce qu'au contraire, quand j'y pense, entre Louise et moi, il y a tout ce que peuvent espérer deux personnes. Il y a bien plus entre nous qu'entre deux amants. Dès que s'éteint la passion entre eux, il n'existe plus d'autres sentiments possibles. Entre Louise et moi, il y a du solide. Du respect (essentiel entre deux amis), de l'admiration (essentielle aussi) et un besoin viscéral de communiquer. L'essentiel, quoi!

Peut-être aurions-nous pu devenir un couple d'amants, mais jamais il n'en a été question. Louise préfère la sexualité des autres femmes. Et moi, les femmes ne m'aiment pas.

Chaque fois que je rencontre de nouvelles personnes, je sens qu'elles me croient homosexuel. Je dois leur jurer que je ne le suis pas. De nos jours, la première information qu'il faut larguer à propos de soi est son orientation sexuelle. Sûrement pour sauver du temps dans nos relations. Les gens ont d'ailleurs une curiosité maladive au sujet de la sexualité de leurs congénères. C'est ce qui les fixe et leur évite diverses brouilleries. Ceci dit, il est clair que les humains cherchent immanquablement à s'accoupler. Les autres sentiments se développeront par la suite, s'il y a lieu.

Chapitre 2

Tous les matins, à 9 h 30, je déroule l'auvent jaune au-dessus de la vitrine de ma confiserie: Les friandises de dame Gertrude. C'est en l'honneur de ma mère, morte à cause de la cigarette, que j'ai baptisé ainsi mon commerce. J'accroche la pancarte *ouvert/open* sur la porte. J'ouvre ensuite la porte d'en arrière pour aérer le local. Vous avez pas idée comment les friandises peuvent répandre des odeurs désagréables lorsqu'elles se retrouvent des milliers entre les murs centenaires d'une petite confiserie! C'est comme lorsqu'il y a trop de fleurs. Trop de femmes parfumées. Trop, ça pue! C'est ma mère qui disait ça. Elle disait aussi: «Trop de toute, c'est pas bon!»

J'aère ma boutique et je suis certain que mon premier client va entrer dans quelques minutes. C'est rien d'autre qu'un itinérant. Il dit s'appeler Belzile. Il quête toute la journée, boit toute la nuit du mauvais alcool, dort jusqu'à 9 h 20 et se présente à ma boutique à 9 h 34 ou 9 h 35 pour aller pisser dans la toilette de l'arrière-boutique et pour acheter son sac de bâtons forts. C'est ainsi que Belzile appelle ces bonbons à la menthe vrillés de caramel.

Belzile ne passerait pas une journée sans ses bâtons forts. Il dit chaque fois que je lui remets le petit sac doré:

– C'est rendu cher, hein? Ça coûtait cinq cennes quand j'étais petit gars.

Il répète ça tous les matins en prenant ses bâtons forts, tous les matins depuis seize ans! Cette fidélité est très importante pour moi. Elle marque le temps. Et lorsqu'un bon matin Belzile ne viendra pas chercher ses bonbons à la menthe, je saurai que ce sera terminé pour lui. Et il y aura au moins une personne pour s'ennuyer de lui.

L'automne, dès la première neige, je pourrais fermer ma confiserie. Je pourrais la fermer parce que les passants n'achètent plus de bonbons, sauf les vieilles personnes. Les vieux ne se soucient pas du temps qu'il fait pour s'acheter des friandises. Leurs préférées: les jujubes aux fruits et la réglisse noire, exactement celle que détestent les enfants. La réglisse noire rappelle aux vieux leur jeunesse, l'époque où tous les bonbons étaient foncés: les boules noires, les bâtons de réglisse noire, les négresses et les outils, et même les *honeymoons* qui faisaient vivre les dentistes.

Les choses ont bien changé depuis dans l'entreprise confisière! Mais ce sont les vieux modèles qui sont encore les plus prisés: les nougatines, les pralines, les caramels, les *toffees* anglais, les gelées de fruits, les menthes claires et, bien sûr, les chocolats. Certains ont fabriqué des bonbons qui pétillent en fondant, des poudres à la framboise qui tachent les doigts, des lèvres en cire rouge, des sucettes au melon d'eau ou des colliers-bonbons-à-la-poudre-pressée. Ces horreurs sont l'affaire des dépanneurs, pas des confiseurs de ma qualité.

L'automne, dès la première neige, je pourrais fermer ma confiserie, ouais!

Toutefois, c'est à l'automne que les livres se vendent le plus. Certains racontent que les gens achètent davantage de livres québécois quand arrivent les vacances d'été. Je ne suis pas d'accord. Pour leurs vacances, les gens lorgnent plutôt du côté des best-sellers américains: les Krantz, Grisham, Bedford et Higgins Clark. Ils disent qu'au bord de la mer ou de la piscine, on ne se casse pas la tête avec les prix Goncourt. Dans un sens, je partage cet avis. Vaut mieux avoir toute sa tête pour lire de la bonne littérature. Et en vacances, on a tout sauf de l'esprit.

Les bons romans, les bons essais se lisent mieux à l'automne. À partir de septembre en fait. À cause des salons du livre qui foisonnent. Alors, il faut de nouveaux titres à présenter au public.

Il faut surtout tasser les vedettes de la télévision ou de la musique qui ont tout à coup décidé de devenir écrivains. Il y a alors des nègres qui s'enrichissent!

Il a fallu que j'explique à Père que les auteurs qui écrivent les livres d'autres auteurs s'appellent aussi des nègres et qu'ils n'ont pas nécessairement la peau noire. Ça n'a pas été difficile pour lui d'admettre cette explication. Pour lui, les nègres travaillent toujours pour les autres. Il y a des écrivains de chez nous que cela agace. Moi aussi, dois-je avouer. Pour être un tantinet déclaré artiste, une personne doit démontrer qu'elle a quelque talent, être embauchée par des producteurs, accumuler des crédits pour devenir membre de l'Union des artistes. Et en quelques jours, un animateur de jeu questionnaire insignifiant (le quiz, j'entends) peut porter aussitôt le titre d'écrivain et faire partie de l'association prestigieuse des écrivains du Québec. Étrange.

Il faut donc tasser les vedettes écrivaines pour faire ressortir son dernier livre. Il faut convaincre les critiques littéraires d'en parler et surtout de l'aimer. Je ne sais pas s'il faut, dans ce domaine aussi, offrir des cadeaux pour qu'on s'occupe de nous. Je sais que ça se fait dans les postes de radio, mais dans mon domaine précis, je n'ai jamais essayé. Voici, monsieur Martel, deux kilos de nougat italien de la première qualité et, en supplément... mon dernier roman. Je n'ai jamais essayé le coup des bonbons avec un critique littéraire. Mais je présume qu'il doit se donner beaucoup de dîners plantureux à Outremont quand arrive l'automne!

Jérôme (c'est mon psychiatre, le dixième du genre, émule de Freud) m'a dit hier, alors que je me plaignais de ne plus pouvoir écrire une ligne, que je devais régler un très gros problème: mon père.

C'est incroyable combien les psys de tout acabit peuvent passer de temps à nous aider à régler nos problèmes avec nos parents. Avec notre mère, surtout. Surtout quand elle est morte en plein durant notre complexe d'Œdipe! Surtout quand on n'est pas marié à cinquante ans! Jérôme estime que je dois expulser mon père de mon subconscient. En plus des cadeaux de Noël et d'anniversaire que je lui offre pour lui prouver ma reconnaissance, je dois débourser 200 $ par mois pour l'éradiquer de mon existence comme un vulgaire pissenlit. Pauvre Jérôme! Il prétend que tous les accrocs dans ma personnalité proviennent de mes parents. Si je racontais ça à Père, il se rendrait chez mon psychiatre, même s'il aura soixante-quinze ans le mois prochain. Et il l'enguirlanderait, même si j'aurai cinquante et un ans le mois suivant.

À l'hôpital de La Miséricorde, quand on a dit à Père que venait de lui naître un fils, ç'a été pour la vie. On pense qu'à dix-huit ans, c'est le libre-échange? Avec Père, cette formule n'existe pas. J'aurai cinquante et un ans dans quelques semaines, et mon père vient me porter chaque mois une boîte de Shields et des caleçons Stanfield pour les vieux garçons. Pour les caleçons, ça peut aller, je ne me déshabille jamais devant personne. Mais les condoms, eux, ne servent pas à grand-chose. Alors, je les vends aux garnements, derrière le comptoir de la confiserie. Je les vends vingt-cinq cents. Juste pour rendre service à la société. «Trois chocolats pralinés, deux capotes à la cerise noire!» Je ne voudrais pas que Père me pense inactif. Ça doit lui faire plaisir de croire que son fils unique fait autre chose que sucer des bêtises de Cambrai.

Chapitre 3

Cet après-midi-là, il faisait très sombre rue Saint-Denis. Pas besoin de dérouler l'auvent. Vers 15 heures, la porte s'ouvrit et Louise entra.

Elle n'était pas seule. Une jeune femme l'accompagnait. Elle avait un sourire comme celui sur l'affiche du dentiste Denkreuz (quel nom prédestiné!)

— Sylvain, je te présente Fabiola Latraverse (ici, pour le nom exotique, je gagne le gros lot!). Elle a commencé ce matin à travailler aux éditions. Elle va diriger le secteur jeunesse. Fabiola, je te présente mon meilleur ami, Sylvain Dupont, un excellent écrivain...

— ... totalement inconnu! ajoutai-je prestement avant même que la dame y pense elle-même.

— Pas vrai! Fabiola a lu *On a coupé les magnolias.*

— Et j'ai adoré! jeta Fabiola. Presque autant que les jujubes au citron.

Je m'empressai alors de fourrer la main dans le casier à
jujubes pour ne choisir que les jaunes. Je sais que ce n'est
pas hygiénique de mettre ses doigts dans les bonbons. Tout
confiseur qui se respecte sait qu'il faut utiliser les pinces ou
porter les gants de chirurgien. Mais, je ne voulais pas que
Fabiola s'aperçoive que je lui sélectionnais les jaunes exprès.
Louise, elle, s'en rendit compte et un rictus s'installa sur ses
lèvres.

— Tu viens nous retrouver au Persil fou à 18 h 30, mon
Sylvain-tout-doux? me demanda ma copine.

Sylvain-tout-doux est un nom un peu ratatineur pour un
écrivain. Mais ce nom a toujours été le nom gentil dont m'a
affublé Louise. Jérôme prétend (parce que je lui raconte absolument tout) qu'avec ce Sylvain-tout-doux, j'affaiblis mon
moi intérieur. J'ignorais totalement que la faiblesse était une
manifestation de douceur. Il est vrai que je suis doux. Je ne
frappe jamais le poing sur la table quand Père m'interrompt
en pleine masturbation. Je ne hausse pas le ton quand une
cliente me rapporte de vieux *taffees* pour les échanger; je ne
jure pas lorsque je me coince les doigts dans la perche à dérouler l'auvent. Ni quand des gamins aux épingles de nour-
rice dans le nez me volent des boîtes de chocolat. Je ne me
fâche pas. Mais lorsque je rentre chez moi, j'écris tout. Quand
je suis atterré, j'écris. Quand je suis heureux, j'écris. Quand je
me sens aussi inutile que le tapis de coco sur le devant de ma
porte d'entrée, j'écris encore. Jérôme dit qu'écrire est toute

ma vie. Père, lui, n'en parle à personne. Il dit que je vends des sucettes!

Je remis donc à Fabiola tout un sachet de jujubes jaunes. Elle avait vu mon stratagème, mais feignit d'être surprise.

— Que vous êtes gentil, Sylvain! Mes préférés! s'exclamat-elle comme si j'avais eu six ans.

Alors là, ça ne m'étonnait pas qu'elle ait été embauchée pour s'occuper de la littérature de jeunesse aux éditions Chiasson. Je dois tout de même m'excuser de la remarque que je viens de proférer. J'ai également écrit plus d'une douzaine de romans pour la jeunesse. Rien n'est plus faux que ce que je viens de dire au sujet de Fabiola. Pas besoin d'être enfantin pour s'intéresser à la littérature pour enfants. Prenez, moi. Il n'y a pas plus sérieux qu'un célibataire de cinquante ans qui vend des friandises rue Saint-Denis. C'est un métier très sérieux. Et pourtant, rien de plus exaltant pour moi qu'écrire pour les enfants, même si je n'en fréquente aucun personnellement. Je n'ai ni neveu ni nièce. Je ne connais que Pascal, le fils de mon éditeur. Il n'y a pas plus chiant que Pascal. C'est lui qui, sur le boulevard Métropolitain, a détaché sa ceinture, emprunté la fenêtre arrière de la Volvo pour retrouver sa mère par l'extérieur. En pleine heure de pointe, coucou maman, j'en ai marre d'être tout seul sur la banquette arrière. Ça, c'est le genre de Pascal. Le fils de mon éditeur, monsieur Toupin, m'a toujours fait peur. Je ne l'aime pas. Alors, je n'aurais jamais pu écrire des livres pour ce gamin. J'ai écrit des livres pour les enfants gentils que j'ai inventés.

Quand c'est rendu que tu inventes aussi tes lecteurs, tu ferais mieux de te confiner à la confiserie, me suis-je dit souvent.

Le problème, c'est qu'il aurait fallu que je me déguise en bouffon, que je fréquente les salles de classe de petits morveux, que je leur fasse des entourloupettes et des guiliguilis pour arriver à vendre mes livres, dont je ne touche que 10 % des ventes!

Rodolphe Toupin aurait aimé que je me travestisse en guignol, chose qu'on ne demande pas aux romanciers pour adultes. Encore moins aux poètes.

Surtout pas aux poètes! Les poètes, je ne le répéterai jamais assez, font partie de la haute sphère. À l'opposé, ceux qui, comme moi, offrent de jolies histoires aux enfants, doivent admettre qu'on ne les prend pas au sérieux. Pourtant, si nous (je m'inclus dans cette grande confrérie) ne leur écrivons pas de bons bouquins, avec du vocabulaire, des bouquins sans violence et sans sexe, comment croyez-vous qu'ils pourront plus tard lire les oeuvres de Gaétan Soucy ou celles de Gabrielle Roy, qui trimbalent tout un héritage culturel devenu si lointain?

Les histoires que je tricote pour les enfants (ou ceux que j'imagine) ne sont pas populaires. Les choses profondes ne sont jamais populaires parce que justement les gens craignent de descendre trop bas et de ne plus en revenir. Les enfants préféreraient les jeux informatiques. Parce que d'un seul geste irréfléchi, ils peuvent tout arrêter. Tandis que les lutins, les sorcières et les héros imaginaires continuent de les hanter longtemps après que le livre a été refermé. Ils ne les oublieront jamais parce que, malgré les descriptions qu'en a fait l'auteur, c'est aux lecteurs que revient le travail de les imaginer. Certains personnages qui vivent dans les livres ont pris mille visages dans la tête de mille jeunes lecteurs.

La sonnerie retentit et cela m'agaça. C'était madame Chang. En posant les yeux sur ma cliente, je m'aperçus que Louise et Fabiola avaient déjà quitté ma boutique. Louise, en se moquant de ma distraction, et Fabiola, les doigts collants à cause des jujubes au citron que je lui avais offerts. Je ne sais d'ailleurs pas pourquoi j'ai agi avec elle comme un vieux tonton qui cherche à faire plaisir à une petite fille triste. Je me suis empressé de lui offrir les jujubes jaunes comme si je ne voulais plus perdre de temps avec les dames. De toute façon, j'ai cru apercevoir une étincelle dans le regard de chouette de mon amie Louise. Elle avait posé sa paume sur l'épaule de Fabiola. Cela ressemblait beaucoup plus à un geste de propriété que de tendresse, si facilement pardonnable aux femmes.

Je n'aime pas quand les hommes se prodiguent des gestes d'affection. J'entends qu'ils se caressent ou qu'ils s'embrassent sur la bouche. Chez les filles, cela ne me dérange pas. Les filles sont nées pour se flatter, s'embrasser sur les lèvres. Elles peuvent même partager le même lit comme des couventines. Les hommes ne me semblent pas nés pour les mêmes gestes.

J'avais hâte que madame Chang finisse de commander ses friandises à l'unité, plutôt qu'au petit sac de cent grammes comme tous mes clients. Elle est arrivée à Montréal avec ses parents et ses douze frères et sœurs, à l'époque où les Chinois avaient le droit de se promener avec une ribambelle d'enfants. Monsieur Chang père était blanchisseur. Ma mère disait:

— Va porter les chemises de papa au Chinois.

Ils ont fini par se mettre riches. Maintenant, toutes les chemises que j'achète sont fabriquées en Chine. Les Chinois en ont terminé avec le blanchissage. De nos jours, c'est nous qui devons repasser leurs chemises et empeser leurs cols. La vie est drôlement faite.

— Ça vous fait deux dollars cinquante, lui annonçai-je avec une presque gêne dans la voix. Les pralines sont chères, ajoutai-je après le grand soupir que madame Chang exhala.

C'est toujours ainsi quand les vieilles personnes pensent qu'on les exploite. Elles chipotent dans leur petit porte-monnaie en faisant exprès de ne pas y voir, rien que pour nous rendre mal à l'aise. Pourtant, je lui avais arrondi le montant. C'était si agaçant de peser les bonbons à l'unité que je lui faisais toujours un chiffre rond.

Elle me tendit trois dollars, je lui rendis la monnaie et elle prononça les paroles les plus étranges que je n'aie jamais entendues de la bouche d'une vieille Chinoise:

— Monsieur Dupont, je veux que vous épousiez ma fille Pye.

Je claquai la langue comme Père dit que je le fais chaque fois que je suis décontenancé. Puis je sortis de derrière le comptoir. J'aperçus des empreintes de doigts sur la vitre et je les essuyai du revers de ma manche de chemise *made in China*. À la pensée de ce mariage, je me suis mis à rire. Madame Chang, elle, ne riait pas du tout.

— Vous voulez que j'épouse...

— ... ma fille, vous dis-je. Elle a trente ans. Elle est bien grasse et elle fera honneur à vos friandises.

Elle prononçait *fliandises* et cela me fit rire encore davantage.

«Je ferai honneur aux siennes.» Toutes les conneries me passèrent par la tête: lui téter les pastilles, lui lécher le nougat ou lui sucer les pralines, comme lorsque Julien Poitras venait me retrouver dans ma boutique à 21 heures et que nous faisions des blagues de mauvais goût au sujet des filles.

— Je n'aime pas les grosses Chinoises, Madame Chang.

— Pourquoi ça?

«Parce que dans la vie, les Chinoises doivent être petites et maigres avec des petites sandales chinoises aux pieds et leur frange tranchée bien droite», avais-je envie de lui dire. Mais je me retins.

— Parce que... parce que... je me marie cet été. Dommage, n'est-ce pas? Elle s'appelle Fabiola. Ce sera gentil, non? Fabiola Latraverse-Dupont.

— Je vois.

Madame Chang ramassa sa veste sur le devant de sa poitrine avec sa main de porcelaine et s'avança vers la porte. Avant de sortir avec son petit sac de douze bonbons, son regard s'appesantit sur moi.

— Vraiment dommage, monsieur Dupont. Il y a une fortune dans ce mariage!

Je restai muet. Je ne pouvais certainement pas changer d'idée, comme ça, juste parce qu'il était tout à coup question d'argent. Ce sont des choses qui ne se font pas quand il s'agit d'une jeune femme. J'avais déclaré me marier à l'été, impossible de retirer mon mensonge.

Je me mis à rire de nouveau et enfilai une poignée de noix de cajou, risquant ainsi de m'étouffer comme me prévenait ma mère qui avait perdu une petite sœur, tuée par «une toute petite peanut de rien du tout». C'était en 1935. Je ne savais pas qu'il y avait des cacahuètes en 1935. Ou était-ce encore un mensonge de ma mère...

Ce n'était pas tout à fait l'heure de la fermeture lorsque je posai l'affiche *fermé/closed* sur la porte de la confiserie.

J'étais presque arrivé à la rue Gilford quand j'eus tout à coup l'impression qu'on me suivait. Pour m'en assurer, je traversai du côté ouest de la rue Saint-Denis. Un individu traversa lui aussi à l'intersection. Je revins du côté est en ralentissant puis en accélérant la cadence. Il me suivit. Je fis alors mine d'examiner l'étalage de la vitrine d'une boutique africaine et, parce que le propriétaire avait bien lavé les vitres, je pus apercevoir la figure de mon poursuivant. Pas de doute, il s'agissait d'une figure asiatique. Très asiatique. Elle aurait très bien pu être celle d'un autochtone ou d'un Inuit du Québec. On ne sait jamais. Le type qui m'avait suivi était un vrai Chinois. Je lui jetai un regard insistant pour lui signifier que je savais qu'il était là pour moi et j'entrai au Persil fou.

— Pour une personne? me demanda l'hôtesse.

Je cherchais tellement Louise et Fabiola des yeux que personne au monde n'aurait pu croire que j'étais là pour dîner tout seul. Vraiment! J'en fus quasiment insulté. La jeune femme regarda le bout de ses horribles souliers et sourit faiblement.

— Je suis avec deux amies. En fait, une amie… et ma fiancée, lançai-je juste pour me moquer après coup de madame Chang.

L'hôtesse du restaurant m'invita à la suivre. J'aperçus Louise qui allumait une cigarette. Je déteste les fumeurs de cigarettes à cause de leur haleine et Louise le sait. Ma mère fumait beaucoup et elle en est morte. Un accident bête. Au volant de sa vieille Impala, elle avait laissé tomber sa cigarette sur le tapis et, voulant la ramasser, elle fonça dans un camion de lait de la compagnie J.J. Joubert. Maman est morte au milieu de centaines de bouteilles de lait, celui qu'elle me forçait à boire même si je préférais le café noir, comme mon père. Le laitier, lui, n'a rien eu. Il braillait comme un veau quand il a vu le sang de ma mère se mêler aux flaques de lait et au verre brisé. Accouru sur les lieux avec Père, j'ai tout de suite pensé au lait fouetté aux fraises qui avait toujours été mon préféré.

Juste après, j'ai pris conscience que je n'aurais plus jamais de mère.

De toute façon, je n'aime pas les fumeurs. Ce sont eux qui achètent mes menthes claires juste pour se rafraîchir la bouche. Pas pour se faire plaisir.

Mes amies m'invitèrent à m'asseoir. Je leur racontai qu'un Asiatique m'avait suivi jusqu'au Persil fou.

— As-tu peur, dis-moi? Téléphone à la police.

— S'il est encore là demain, je téléphonerai. Qu'avez-vous choisi?

Louise et Fabiola se repenchèrent au-dessus du menu en ricanant comme des fillettes. Je détestai tout à coup leur complicité dont j'étais exclu. Pour les étonner, je lançai:

— Je me marie cet été, imaginez-vous donc!

Fabiola se tut. Louise cherchait où était la blague. Le serveur était déjà là et nous dûmes passer notre commande, laissant mes deux copines sur leur appétit.

— Qu'est-ce que c'est que ce mariage, Sylvain-tout-doux? minauda Louise.

— J'ai dit à madame Chang que je me mariais cet été avec… vous, Fabiola. C'était rien que pour rire. Elle veut que je me marie avec sa fille qui est grosse et qui est chinoise par-dessus le marché!

— Je me doute bien qu'elle est chinoise, franchement! se moqua Louise.

— Pourquoi? Il y a plein de Canadiens qui adoptent des petites Chinoises, alors, il pourrait bien y avoir des Chinoises avec des petites filles blanches, non?

Nous nous sommes esclaffés tous les trois. J'avais très bien compris qu'il y a tellement de personnes en Chine que madame Chang n'aurait pas vraiment eu besoin d'adopter une enfant d'ici. C'est toujours très compliqué ces histoires de mélanges ethniques. Père dit souvent: «Les Polocks en Pologne, les Chinetoques en Chine, les Québécois, au Canada!»

Il n'a sûrement pas idée du profond paradoxe contenu dans cet énoncé. Si je lui en parlais, j'aurais droit aux récriminations d'un indépendantiste qui déteste les Québécois. Père est séparatiste, mais lui, il voudrait séparer le Canada du Québec. Par les temps qui courent, il n'a pas à s'énerver, les séparatistes se sont calmés. Et par le fait même, les fédéralistes aussi. C'est normal. Quand Timine tient une souris entre ses pattes, elle s'active les griffes, les dents et tout. Quand la souris ne bouge plus, Timine s'endort parce que ça n'intéresse plus sa cruauté de chatte. Même chose pour la ferveur des fédéralistes: lorsque la flamme de l'adversaire est éteinte, il fait noir pour tout le monde!

Je ne parle jamais de politique avec Louise. Elle prétend que la politique abîme l'amitié. Je vote oui. Elle vote non. Notre relation devient neutre. Pas le choix.

— Vous lui avez raconté que vous alliez vous marier avec moi?

— Sylvain a beaucoup d'humour, expliqua Louise.

— Racontez! Qu'est-ce qu'elle vous a répondu?

Incroyable combien ça intéresse les gens tout à coup lorsqu'ils sont concernés par vos histoires. Les détails et tout.

Parce qu'elle était impliquée, Fabiola voulait tout connaître au sujet de madame Chang, sa manie de n'acheter les bonbons qu'à l'unité, son chignon retenu par une barrette à tête de dragon, sa façon de prononcer les «r», sa grosse fille Pye qui, à trente ans, possédait une grosse fortune et tout le reste.

Louise et Fabiola me bombardaient de questions insidieuses et s'amusaient de mes réponses. Puis, au dessert, elles se sont calmées. On ne peut pas fumer une cigarette et s'exciter en même temps, me disait ma mère. Nous avons terminé le souper en parlant d'Émile Ajar. J'avais lu *L'angoisse du roi Salomon* et je leur ai raconté que Salomon me faisait penser à Père, à cause de son acharnement à changer trois fois de caleçons durant la journée.

«Si on t'emmène à l'hôpital, qu'est-ce que tu vas avoir l'air avec des caleçons sales, hein?» Je me suis longtemps demandé si ma mère avait changé les siens avant de s'engouffrer dans le camion du laitier.

— À quelle date ce mariage?

La voix de Fabiola me fit sursauter. Je mis encore quelques secondes avant de bien saisir la question comme une postsynchro qui tombe à côté de la bouche de l'acteur.

— Oh! nous nous marierons le 26 juillet. C'est le jour de l'anniversaire de sainte Anne et le mien aussi, je crois bien, murmurai-je en croquant un *After Eight.*

Nous riions encore lorsque nous eûmes tous les trois l'impression que quelqu'un nous observait. Dans l'embrasure de la porte, un jeune Asiatique nous surveillait du coin de l'œil. Mon Chinois!

— Attendez-moi ici! s'écria Louise que les situations ambiguës énervent au plus haut point.

Ma bonne amie se lança à l'assaut de mon Chinois. Sur le trottoir, elle s'aperçut qu'il avait vite déguerpi, comme un mauvais souvenir.

Chapitre 4

Il était 23 h 30 quand je tournai la clef dans la serrure. À ma demande expresse, le chauffeur de taxi m'avait déposé au coin de ma rue. Je voulais être certain que mon ange gardien n'avait pas décidé de me suivre jusque chez moi.

J'habitais rue Melrose dans un vieux cottage des années trente. J'y habitais seul depuis une quinzaine d'années parce que Charles-Auguste (mon troisième psychiatre) m'avait vivement incité à vivre ma vie. Comme si l'on pouvait vraisemblablement vivre celle de quelqu'un d'autre. Cela voulait surtout dire la vivre sans mon paternel.

La décision a été plus facile pour moi que pour lui. Comme je suis enfant unique, Père a eu du mal à s'habituer à vivre sans moi, lui qui est parent unique. Et moi, j'ai pu enfin faire sécher les linges à essuyer la vaisselle sur le dossier des chaises; j'ai pu laisser les fruits mûrir sur le comptoir, même si la cuisine était remplie de petites mouches à fruits; allumer des chandelles en prenant mon bain, même si ça fait moumoune. J'ai profité de mon indépendance filiale pour inviter quelques dames à venir écouter Tom Waits sur mon vieux stéréo. Tom Waits a une voix éraillée comme c'est la mode et elle plaît aux femmes. De toute façon, moins les gens ont de voix, plus ils cherchent à se faire entendre.

Des dames, il en est venu des tas. Aucune ne m'a vraiment aimé. Et je n'en ai aimé aucune. Je l'ai peut-être déjà mentionné, les femmes ne m'aiment pas. Parce que j'ai été trop longtemps orphelin de mère et célibataire. Paraît que j'ai développé plein de vilaines manies qui leur déplaisent. Par exemple, avant de me mettre au lit, je dois me nettoyer entre les orteils. Ça paraît une activité silencieuse, mais une oreille aiguisée comme celle de mon père pouvait percevoir le frottement sec de mes doigts.

— Lâche-toi les pieds pis endors-toi! criait-il après s'être couché dans sa chambre juste à côté de la mienne.

Lorsque je fus bien barricadé, je me cachai derrière les draperies de mon bureau pour observer la rue. Les arbres chevelus saluaient les trottoirs étroits qui se dévoilaient sous les réverbères (voyez l'influence de Balzac). J'eus beau zigzaguer du regard, je ne vis ni Chinois ni personne. Je me dévêtis et enfilai mon vieux peignoir de ratine effilochée, me servis un jus de tomate puis m'installai à l'ordinateur. Il était tard, mais j'avais très envie de poursuivre le roman policier que j'avais commencé.

J'eus aussitôt une idée. J'allais introduire un nouveau personnage dans la vie du commissaire Sébastien. Je croyais que, comme expérience dans ma vie d'écrivain, ce pourrait être fabuleux de voir apparaître ma propre réalité. De m'en approcher puis ensuite de m'en éloigner afin d'y voir plus clair. J'écrivis:

Sébastien perçut une vibration sous la semelle de ses Florsheim noirs. Il se retourna prestement (j'adorais cet adverbe) *et crut reconnaître la silhouette agile du petit Chinois qu'il avait croisé au coin de la venelle. Le commissaire traversa la rue à quelques reprises, comme lorsque l'on coud les deux flancs d'un saumon farci. Le Chinois le suivit. Sébastien, qui n'avait jamais peur, sentit naître au fond de son ventre une inquiétude nouvelle.*

Je relus mon texte deux fois; satisfait, je jetai un regard sur une rue Melrose complètement désertée, j'éteignis et me couchai.

Ma nuit ressembla à celles qui suivirent la mort de ma mère. Je me réveillais toutes les heures, surpris de me trouver dans cette chambre toute verte alors que je déteste le vert hôpital. Je me disais que, la nuit, on a toujours les yeux fermés de toute façon et que je n'avais pas le temps de la repeindre. La plupart du temps, la pièce dans laquelle je me trouvais était bleue ou jaune. J'adore le bleu et le jaune.

Parfois, je me réveillais en sursaut après avoir cru voir entrer madame Chang dans ma boutique, tenant d'une main une grosse femme laide et, de l'autre, une mitraillette. Je me rendormais après m'être persuadé que ce n'était qu'un cauchemar. Une autre fois, il devait être 5 heures, un petit Chinois, aux yeux tellement bridés qu'il ne devait rien y voir, me tendait une boîte de nougats dont s'extirpaient de minuscules serpents à tête de dragon. Cette fois-là, je n'ai pas pu me rendormir, jusqu'à ce que Père me téléphone comme tous les matins pour être certain que je ne serai pas en retard à la confiserie, je ne connus qu'un sommeil très léger. Comme l'état de veille de Timine. Cette chatte grise ne dormait jamais vraiment. Elle veillait sur notre existence, prête à bondir dès que quelque chose se manifesterait: un bruit inhabituel ou une vague odeur de poisson, par exemple. Quand je refermai le combiné après avoir seulement prononcé un petit «merci» inattentif tellement ma bouche y était habituée, je restai encore quelques minutes, peut-être un quart d'heure, à flotter entre les nuages et le train-train matinal. Comme si l'appel de Père, ce matin-là, n'eût été que le *snooze* du réveille-matin dans ma vie.

C'est à ce moment précis que j'entendis un bruit étrange venant de la cave. Une espèce de froissement à peine audible. Je connaissais bien les bruits de ma maison: le claquement sec de la branche de l'érable sur la toiture côté jardin; le démarrage intermittent de la fournaise; le vrombissement du réfrigérateur ou le clapotis de l'eau dans l'humidificateur. Je savais aussi reconnaître les lèchements de Timine sur sa patte avant, un son qui m'agressait au plus haut point. En fait, j'abhorre l'expression de plaisir intense qu'éprouve Timine lorsqu'elle entreprend de faire sa toilette: les yeux mi-clos, le ronronnement et tout. Cela me rappelle sans cesse les jeux d'amour de Père dans la chambre d'à côté, chaque fois qu'il invitait une pute à la maison. De temps à autre, la jeune fille était jolie et avait reçu une belle éducation. J'aurais pu, comme bien des enfants, me l'imaginer comme belle-mère. Ça aurait pu. Mais j'avais aperçu depuis longtemps, dans une assiette décorée par ma mère à Limoges même, les dollars retenus par un élastique qui attendaient la pute de Père. De la fente de ma porte, je pouvais la voir ajuster sa jupe rase-pet, redresser ses souliers à talons cathédrales, replacer sa frange oxygénée et repartir la tête haute.

Chaque fois que j'entends les lèchements de Timine, je lui fous un coup de pied à tribord.

Le bruit furtif que j'avais entendu avait fait sursauter Timine. Je descendis l'escalier de la cave sans bravoure aucune, ayant pris soin de m'armer d'un tisonnier de fer forgé. La dernière marche craqua sous mon poids et je m'énervai. Autour de moi, les objets n'avaient pas été déplacés, comme sur une image. Pourtant, j'avais la très nette impression qu'un objet animé y avait séjourné quelques instants. Une odeur bizarre s'était mêlée à l'odeur de moisissure que l'on attend d'une vieille cave. Un ancien carré à charbon avait été transformé en caveau à légumes, mais je n'y entreposais que des bouteilles de vin et quelques vieux portos. Trois minuscules fenêtres sales laissaient pénétrer une très pâle lumière dont on n'aurait pas pu dire si elle était du matin ou de fin d'après-midi. Les yeux rétrécis par la peur, j'appelai au hasard.

— Hello! Ouh-ouh! Y'a quelqu'un?

Je m'approchai de la fenêtre du côté cour. Un détail me frappa soudain. Quoiqu'elle n'eût pas été ouverte depuis plusieurs années, la vitre poussiéreuse présentait des empreintes qui me paraissaient fraîches. Elles avaient été estampées dans la poussière de chaque côté du cadre de bois, comme lorsqu'on le replace ou le retire. De toutes petites empreintes comme celles de doigts d'enfants.

J'attrapai deux bouts de planche, un marteau et quelques clous et je barricadai la fenêtre, comme dans les films de cow-boys quand s'amenaient les Cheyennes. Puis je remontai préparer mon petit-déjeuner, toujours le même: café, bagel, tranches de tomates bien poivrées.

À 7 h 45, j'étais fringué et coiffé, les clefs de la confiserie dans la poche de ma veste bleue, lorsqu'il me vint l'envie d'écrire. Je n'étais jamais en retard à la boutique. Je connaissais par cœur l'horaire des autobus. J'ouvrais toujours à 9 h 30. J'attendais Belzile pour ses bâtons forts. Je courais chercher mon espresso à côté et la vie était belle.

Pourtant, ce matin-là, je me foutais d'être en retard. Il fallait que j'écrive.

Jamais le commissaire Sébastien n'avait connu la peur. Cette nuit-là, lorsqu'il arriva chez lui, Hermine était absente, mais elle avait laissé derrière elle des effluves tenaces et parfumés. Eau de métal *de Paco Rabanne. Sébastien parcourait la maison à la recherche d'un bon scotch lorsqu'il entendit un bruit bizarre provenant de la cave. Il descendit. Tout près du carré à charbon transformé en caveau à légumes, il trouva une bouteille de Cardhu. En s'approchant de la fenêtre, le commissaire s'aperçut que quelqu'un avait déplacé le carreau: des empreintes fraîches témoignaient de l'intrusion d'un individu curieux. Il téléphona à Julio pour qu'il vienne prendre les empreintes. Un policier n'était jamais trop prudent.*

Je fermai l'ordinateur après avoir relu mon texte. J'étais content pour Sébastien. Lui, au moins, pouvait compter sur un de ses acolytes pour l'aider à élucider cette affaire. Moi, j'allais devoir me débrouiller tout seul. Voilà à quoi sert l'écriture. Elle m'aide à oublier que je ne suis rien du tout. Rien qu'un pauvre vendeur de sucreries. Un pauvre confiseur qui, ce jour-là, venait de s'emberlificoter dans une bien drôle aventure.

J'allais sortir lorsque le facteur m'intercepta.

— Monsieur Dupont?

— C'est moi.

— Un petit colis pour vous, ce matin.

Je pris la petite boîte enveloppée dans du papier kraft et la soupesai. Sa légèreté m'étonna. Ce qui me surprit davantage, c'est que, lorsque je commandais des trucs dans des magazines, je donnais toujours l'adresse de ma boutique; j'y étais presque toujours.

Le facteur se retourna trois fois avec, chaque fois, un sourire narquois sous sa grosse moustache rousse. Un brave type un peu moqueur. Il donnait l'impression qu'il savait quelque chose.

Je plaçai le colis au fond du havresac que je traînais toujours avec moi et je me rendis à l'arrêt d'autobus. Il mit cinq minutes à se pointer et à baisser le flanc à mes pieds. Je pris place tout près du chauffeur. À ses côtés, je me sens en sécurité. Il sait toujours où il va et, comme il aime parler, il commente agréablement la vie urbaine qui se déroule le long de son trajet d'autobus. «Tiens, ils ont fermé le Dunkin Donuts. Quand j'étais petit, je jouais au baseball juste ici, dans le temps que les parkings étaient plantés d'herbe verte.» C'est ce qu'il dirait si toutefois il avait une âme de poète, ce qui est rare chez les chauffeurs de bus.

L'autobus passa au coin de chez moi. J'eus juste le temps d'apercevoir, assis sur la deuxième marche de l'escalier, un jeune Chinois qui nous regarda passer.

Chapitre 5

Ce n'est qu'après le départ de Belzile que je pus enfin m'occuper du fameux paquet. Il n'y avait pas l'adresse de l'expéditeur et la mienne était écrite à la machine. J'imaginai ce que le commissaire Sébastien aurait fait à ma place. Il aurait lancé:

— Et hop, Julio! Porte-moi ce colis à l'artificier! Je n'ai pas envie de ressembler à une flaque de vomissure!

Cette pensée me fit peur. Si ce colis suspect était une bombe! Je fis le tour de mes ennemis, ce qui était nettement plus rapide que le contraire. Je ne voyais que le propriétaire du local où je tenais boutique. Un vieux Juif aux yeux humides, à l'occiput capoté et aux parotides gonflées, qui collectionnait lui-même les ennemis. Je me mis à rire. Mister Darius Finkel n'était pas du genre à envoyer des bombes. Il était plutôt de genre à attendre qu'on les lui expédie!

Courageusement, j'ouvris la boîte. Un beau papier de soie. Et tout au milieu, une mèche de cheveux noirs et une petite enveloppe qui contenait un mandat bancaire de 5 000 $. Une traite de la Banque de Hong Kong. Je n'en revenais pas. «Il y a une fortune dans ce mariage!» avait prononcé madame Chang. J'étais outré. Pourquoi une vieille Chinoise ne pouvait pas, comme tout le monde, tirer des mandats bancaires de la Banque du Canada? Je croyais vraiment que madame Chang n'était pas tout à fait intégrée à notre culture. Père dit toujours:

— Les Chinetoques, ils profitent des jobs d'ici et placent leur argent dans leur pays! C'est le monde à l'envers! Les Dupont, mon fils, ont plus d'honneur que ça!

Je déposai délicatement la mèche de cheveux au creux de ma main, faisant rouler l'extrémité retenue par un ruban de soie jaune entre mes doigts. Les cheveux étaient presque bleu marine et si lustrés qu'on aurait juré des cheveux de poupée. Je les portai à mes narines, ils sentaient le santal. Je relus la note manuscrite: «Il y a une fortune dans ce mariage.» Je n'avais pas l'intention de changer ce mandat bancaire de 5 000 $! Je ne voulais pas non plus épouser Pye. Et l'argent n'avait aucune importance. Je menais une vie paisible et je ne voulais surtout pas d'une grosse Chinoise dans ma vie, pas plus que d'une grosse de n'importe quel pays, riche ou pas.

Je fourrai le mandat de madame Chang dans ma poche et exhortai Louise à venir me rejoindre à la confiserie à midi.

Mon amie était vêtue d'un costume jaune maïs, exactement comme je les aime.

— C'est ton père? largua-t-elle comme la porte se refermait.

— Pire!

— Mon Dieu, mon Sylvain-tout-doux! Que se passe-t-il, mon pauvre coco? Des problèmes avec ta banque?

— Pas tout à fait avec la mienne. Viens, je vais te raconter.

J'affichai *fermé/closed* sur la porte et entraînai Louise dans l'arrière-boutique où il y avait tout ce qu'il faut pour une infusion à la camomille et un bon scénario. Je lui racontai absolument tout. Mon amie se bidonnait sur mon beau fauteuil de cuir jaune. Bientôt étendue comme sur un récamier, elle battait des paumes chaque fois que je prononçais les mots: grosse Chinoise.

— Et pourquoi tu n'accepterais pas? me proposa-t-elle sans même un sourire.

— Me marier pour de l'argent?

— Sylvain, c'est encore comme ça dans plusieurs cultures. Des mariages arrangés, tu connais ça, non?

— Si j'avais été d'accord avec ce genre de mariages, je serais déjà marié avec toi depuis des lustres! Ta mère m'aimait bien et ton père m'aurait offert au moins 100 $ pour que je me marie avec toi!

Louise me fixa un instant avec le plus grand sérieux. Elle tambourina machinalement sur le bras du fauteuil en respirant avec ardeur.

— Pourquoi tu ne l'as pas fait? demanda ma copine en se mordillant la lèvre inférieure.

J'avais toujours espéré que cette question ne viendrait jamais sur la table. Il fallait que je réponde quelque chose. Louise et moi n'avions plus beaucoup de temps pour les cachotteries. Elle s'empara d'un Breton et le fit craqueter entre ses incisives, en riant un peu.

— Qu'est-ce que tu as? C'était une blague, mon Sylvain-tout-doux! Tu sais que je suis végétarienne, les petits bouts de viande ne m'intéressent pas!

Je détestais les allusions sexuelles qui étaient devenues une habitude chez Louise. Je suppose qu'elle le savait et qu'elle s'amusait à me les servir juste pour me cuirasser. Rien à faire. Dès que la conversation se tenait à quelques centimètres au-dessous du nombril, je me mettais à penser à Père et mes fantasmes s'estompaient aussitôt.

J'incarcérai mes mains entre mes cuisses pour les calmer. Je me grattai la gorge et exhibai la petite boîte de madame Chang.

— Elle m'a envoyé une mèche de cheveux et ceci.

Je lui mis le mandat bancaire devant les yeux. Louise ne fut pas surprise, elle n'avait pas ses lunettes de lecture. C'est incroyable combien les gens arrivent à vous éteindre un effet pour des raisons aussi stupides que de chercher leurs lunettes! Louise exhiba les siennes.

— Je les ai payées 5 $ aux États-Unis, sopranisa-t-elle en se les juchant sur le nez.

Elle prit le temps de bien comprendre ce qu'elle lisait. Ses yeux de labrador brillaient de tout leur ébène.

— Cinq mille dollars! Mais cette vieille folle est en train de t'acheter, tu vois bien!

— Et cette mèche de cheveux...

— Madame Chang veut te laisser un souvenir de sa fille. Le mandat, c'est pour te faire voir qu'il y en a beaucoup d'autres si tu acceptes sa main.

— Qu'est-ce que je fais, Louise? La police?

— Mais non, mon Sylvain-tout-doux! Profites-en! Peut-être que toi et moi on pourra enfin l'avoir cette maison d'édition...

— Qu'est-ce que tu racontes, Louise?

— Je te dis que la maison Levasseur est à vendre.

— Toi et moi? Tu es sûre?

Louise ressemblait à ces grandes petites filles qui viennent acheter des chocolats belges et à qui il manque une partie du montant. Elles tentent chaque fois de me soudoyer pour que je sois clément, leurs menottes tripotant leurs nattes enrubannées. Mais je pense chaque fois qu'il vaudrait mieux que je retire des chocolats de leur sac plutôt que de les encourager à utiliser la séduction pour obtenir ce qu'elles veulent. Ça fait aussi partie de l'éducation des enfants, mais je n'en aurai jamais à moi.

Romain Gary a écrit: «J'aime les petits enfants parce qu'ils ne sont jamais définitifs.» J'ai adoré cette phrase. Et c'est à cause de cette phrase que j'adore Louise. Elle est d'une telle inconstance que, ma foi, j'aurais parfois le goût de me l'attacher. Louise est plutôt vent que moiteur; plutôt musique que silence.

J'aime bien comparer les gens à des objets. Petit, je m'amusais à trouver certaines ressemblances avec les choses de la maison. Maman, c'était la bouilloire posée sur la cuisinière à gaz. Large du bassin, les épaules arrondies et cette incessante manie de s'exprimer sur une note haut perchée comme une pie criarde. Mon professeur de sixième, monsieur Lampron, avait tout d'un réfrigérateur: glacial, ordonné, agrémenté d'une tablette en plein centre, il n'ouvrait sa petite lumière qu'à ceux qui osaient forcer sa carapace. Quant à Père, je n'ai jamais essayé de le comparer à quoi que ce soit. Plusieurs objets, maintenant que j'y pense, auraient très bien pu lui convenir: un ouvre-boîte, une pince-monseigneur, un vilebrequin, un rabot ou encore une ponceuse électrique. Tous des outils de menuiserie. Je me mis à rire.

— Pourquoi ris-tu? demanda Louise.

— Il faut que je parle de tout ça à mon psychiatre. Il faut que j'ouvre la boutique, maintenant. Les clients ont besoin de leurs friandises.

Louise m'embrassa avec un peu plus de conviction que d'habitude. Je crus que c'était à cause des mandats bancaires et des Éditions Levasseur. Je ne crus pas un instant qu'elle m'aimait davantage.

Chapitre 6

J'attendais mon taxi, un peu agacé par l'histoire de madame Chang et de sa fille. J'avais pris l'habitude de prendre l'autobus le matin et de revenir le soir en taxi. Après la fermeture, je pouvais aller dîner au restaurant ou simplement me promener tard, avenue du Mont-Royal. J'aimais cette liberté. Mon psychiatre avait écouté mon histoire et il était resté songeur malgré un certain amusement.

Le taxi s'immobilisa à mes pieds. J'allais m'y engouffrer lorsque j'aperçus de nouveau mon petit Chinois qui attendait, appuyé à la vitrine de Renaud-Bray. Je fis signe au chauffeur d'attendre un instant et tentai de m'approcher de mon espion asiatique. Comme je croyais pouvoir enfin l'intercepter, il disparut dans la foule, comme un morceau de beurre dans un océan de spaghettis.

Arrivé chez moi, je fus reçu par ma voisine d'en face. Elle tenait un nouveau colis, enveloppé cette fois dans du papier blanc de qualité.

— Je passais avec Bébert et le facteur m'a demandé si je garderais ce paquet pour vous. Comme j'ai dit que je vous connaissais... un peu tout de même, il m'a fait promettre de vous le remettre en mains propres. (Elle fit une pause en fixant le colis). Un cadeau?

— Merci, madame Landry. Bonne soirée. Je vous apporte des nougats demain soir, c'est promis!

Je me hâtai d'entrer. Timine ne m'attendait pas, elle retourna à son état de veille après que son œil m'eut reconnu. Je m'assis à mon pupitre et ouvris la boîte. Je perçus à nouveau l'odeur d'épices semblable à celle qui émanait du premier colis. Cette fois, le papier de soie était bleu indigo, ma couleur préférée. Je plongeai la main au centre de la boîte. Elle en ressortit, tenant une autre boîte, minuscule celle-là, et une enveloppe de très grande qualité. J'ouvris d'abord la petite boîte. J'y trouvai une chaîne en or, très fine, sur laquelle on avait enfilé deux dents d'enfant. Deux incisives qui avaient dû appartenir à Pye. En les observant de très près, je sursautai: sur une face de chacune d'entre elles, on avait sculpté de jolies fleurs et des signes orientaux que je ne connaissais pas. Le travail était minutieux et le résultat, très étonnant. Je les examinai longtemps avant d'ouvrir la petite enveloppe. Cette dernière contenait un mandat bancaire de 7 000 $. Je me projetai sur le dossier de mon fauteuil, complètement ahuri. Cette vieille Chinoise est folle!

Je frissonnai. J'avais du mal à imaginer que les dents de la boîte aient pu appartenir à la fille de madame Chang. Les 7 000 $ iraient rejoindre les 5 000 $ que j'avais déposés dans un compte d'épargne. C'est ce que Louise m'avait suggéré de faire.

J'allumai mon Mac.

L'inspecteur n'en revenait pas. Il observait les énormes molaires sanguinolentes au fond de la boîte. L'une d'elles portait une obturation sur le tiers de sa surface. Sébastien allait porter le tout à Julio qui s'occuperait de faire analyser les dents au labo. La peur avait fait place à la terreur. En regardant par la fenêtre de son bureau, entre les feuilles de l'hibiscus, le policier aperçut celui qu'il avait surnommé la Lueur jaune. Le Chinois était revenu se poster devant l'édifice grisâtre et, mine de rien, se préparait à intervenir. Que voulait-il au juste? Sébastien songeait à tous ces Chinois de «La Sainte Enfance» qu'on pouvait se procurer pour vingt-cinq cents. «On paye toujours pour ses erreurs», songea-t-il avant de mordre dans sa brioche à la cannelle.

Je me mis à rire. C'est vrai, j'ai acheté moi-même une trentaine de ces petits Chinois quand j'étais petit, à l'école. Père les détestait parce qu'ils ne mangeaient que du riz.

Soudain, Timine sauta du fauteuil. Un autre bruit étrange était parvenu de la cave. Je décidai de ne pas aller voir, mais plutôt de me rendre chez Louise, même si je déteste les gens qui s'amènent chez moi sans avertir. «Je passais dans le coin», je n'y crois jamais. On ne passe pas rue Melrose par hasard. Sauf Père. Lui, il prétend que, parce qu'il m'a donné une belle éducation, le collège privé, les leçons de botanique du frère Maurice (qui rêvait de planter son poireau dans mon terreau humide) et une bicyclette CCM flambant neuve, il pouvait se permettre d'entrer chez moi sans frapper. J'ai alors pris bien soin de ne pas lui donner la clef de mon cottage. Au moins n'entre-t-il pas quand je suis absent. Je ne pars jamais à l'étranger et si j'avais besoin que quelqu'un arrose mes plantes et s'occupe de Timine, je demanderais à madame Landry ou à Louise.

Père entre cependant chez moi comme s'il y habitait. Au fond, je devrais lui dire que cela m'indispose terriblement, puisque je crois qu'il m'a imposé le collège privé et que le frère Maurice me terrorisait. Et puis, la bicyclette qu'il m'avait offerte en était une pour fille. Père m'avait juré que ça ne faisait aucune différence. Mon psychiatre prétend que ce vélo est au centre même de mes ennuis avec les filles.

— Les bicycles de gars ont une barre horizontale. Cherche pas d'où viennent tes difficultés, Sylvain. Un bicycle de fille, c'est pas un bicycle de gars!

Père, lui, ne s'est jamais préoccupé de ce que peuvent penser Freud ou Jung.

— Ce sont des docteurs plus fous que leurs patients. Lâche-les donc! Tu jettes ton argent par les fenêtres! me répète-t-il sans cesse.

C'est comme à propos de mon métier d'écrivain. Père a tellement peur que je parle de lui qu'il ne lit pas mes livres. Même *La folie de Lucifer* qui m'a valu des critiques enviables. Il a refusé de le lire parce que, à la page 7, c'est écrit: «Élise n'aimait pas son père. Elle enfourcha sa bicyclette de garçon et fila vers l'école.»

— Tu n'es pas un vrai écrivain, mon gars!

— Pourquoi tu dis ça?

— Parce que tu racontes des vraies choses. Les vrais écrivains inventent tout. Ils ne passent pas leur temps à espionner leur famille et à raconter leurs frustrations, tu sauras!

— C'est pas vrai, Père! Les écrivains finissent toujours par tout dire de leur vie personnelle. Mais ils le font dire à des personnages, ce qui est nettement plus facile.

— C'est pour ça que tu ne gagnes jamais rien! Tu racontes tout à ton sacrament de psychiatre et tu racontes tout dans tes livres! Notre famille est ouverte à tout le monde. Ta mère, ta cousine Manon; et moi je passe pour un maudit salaud! Et ça, Sylvain, tu n'as pas le droit. Si tu manques d'imagination, arrête d'écrire!

Je vous l'avais dit. Père a très peur que je lui donne un mauvais rôle dans mes récits. Comment pourrais-je faire autrement? Je suis littéralement hanté par ma propre vie. Même quand je vends des sucettes au beurre. Même quand je marche tout doucement pour me rendre chez Louise.

Quoi que vous en pensiez, je n'entrais pas souvent chez Louise. On se voyait plutôt à la confiserie.

Je lui racontai tout à propos de madame Chang et des quenottes de sa fille, ainsi que des 7 000 $. Cette fois, Louise ne rit pas. Je me disais qu'elle allait me conseiller de téléphoner illico à la police avant qu'il arrivât quelque chose à son Sylvain-tout-doux. Elle allait avouer un attachement jusque-là insoupçonné. Elle allait me prendre les mains entre les siennes et les amener à sa poitrine en versant une larme ou deux. Louise dit seulement:

— Un dépôt à terme offre un meilleur rendement, tu ne penses pas?

— Quoi?!!!

— Je pense que tu devrais placer ce 12 000 $ dans une compagnie en pleine croissance. Mon oncle Ted a investi chez Tupperware en 1971. Il a récupéré quarante fois sa mise!

J'étais abasourdi. Mais j'estimais tout de même que Louise avait raison. Je pouvais profiter de la situation, emmagasiner les dollars de madame Chang et les faire fructifier.

— Dis-toi, mon coco, que tu n'es pas tout seul dans cette galère! Nous sommes deux. On va l'avoir notre maison d'édition, je te le promets.

Je souris et quittai Louise, sûr de moi et ayant décidé d'être parfaitement malhonnête. Jouer les salauds commençait à me plaire. J'allais accepter l'argent de la vieille Chinoise. À cinquante ans, j'avais le droit de profiter de la vie et de la naïveté des femmes.

Il pleuvassait. C'était comme si l'air ambiant transpirait. J'étais heureux et je me mis à compter les carrés du trottoir qui menait jusqu'à la rue Melrose afin de dompter mon excitation.

Je l'aperçus. Il était là. Au 183e, je m'immobilisai. Ses pas continuèrent de marteler le béton mouillé puis s'arrêtèrent. Je fis mine d'attacher mes souliers (qui étaient en réalité des *loafers*) et je constatai que Chinois et moi étions seuls, tous les deux plantés sur le trottoir ouest de la rue Sherbrooke, comme deux cactus. Moi devant lui. Et lui, derrière moi. Deux combattants ennemis ne sachant qui de l'un ou de l'autre allait bouger le premier. Je levai le bras pour replacer la courroie de mon sac et Chinois détala en empruntant le sentier entre deux maisons. Je compris qu'il ne me faisait pas peur. J'étais plutôt curieux. Je le suivis, question de savoir où il s'était caché. J'imaginai ce qu'aurait fait le commissaire. Mais moi, je n'avais pas de badge de la police pour avoir le droit de fouiner dans le jardin des autres.

À un certain moment, j'arrêtai même de respirer. Près d'une fenêtre, un aboiement insistant me fit comprendre que Chinois avait été repéré par le cabot des occupants. Un jappement pointu et saccadé. Un bichon ou un caniche. Je retournai sur le trottoir et me postai à quelques mètres pour attendre Chinetoque. En vain.

Au bout de trente minutes, pris de découragement, je poursuivis ma route. Ma conversation avec Louise m'avait presque rendu serein. Chère madame Chang! L'avenir s'annonçait percutant. Ensuite, un sentiment étrange, éloigné de la simple amitié, venait de naître entre cette foutue lesbienne de mes deux… et son Sylvain-tout-doux!

Une fois à la maison, je descendis à la cave chercher une bouteille de porto. Il devait être 22 heures environ. Juste comme j'allais éteindre pour remonter l'escalier, j'aperçus par terre, près du caveau à légumes, l'emballage d'un petit gâteau Vachon et un berlingot de lait au chocolat vide. Jamais je ne mangeais de ces affreux gâteaux. Quand on donne dans les nougats importés, on ne bouffe pas des pâtisseries usinées.

Sébastien prit Hermine dans ses bras et profita de ce moment d'extrême intimité pour lui parler de la Lueur jaune. La veille, il l'avait vue de très près. Il avait remarqué qu'il lui manquait l'index de la main gauche (et hop! un autre petit clin d'œil subtil à mon paternel) *et qu'une large cicatrice lui zébrait le front d'une tempe à l'autre. L'Asiatique ressemblait à Bruce Lee. Le commissaire songea qu'il allait justement être en retard à sa leçon de karaté.*

— As-tu peur? lança soudainement Hermine.

À cette question, Sébastien n'avait jamais accepté de répondre. La veille, il avait trouvé, près du caveau à légumes, une bouteille de scotch et une balle de magnum non utilisée. C'est ce qui l'avait décidé de se confier à sa maîtresse. Parce qu'il l'aimait et que son ventre tendu contenait la seule chose qui comptait: le fils qu'ils avaient fabriqué ensemble.

Devant moi, sur mon pupitre, j'avais placé les pièces à conviction: le berlingot de lait au chocolat et l'emballage du gâteau. Je les fixais comme lorsqu'un monsieur vêtu de noir avait placé devant moi la bague et la montre de ma mère. «Elles sont à toi maintenant», m'avait-il murmuré. J'étais petit et l'homme croyait me faire plaisir en me remettant ces objets de femme. Père avait exigé que je les porte. Quand je roulais sur ma bicyclette de fille, je pouvais entendre les bijoux ayant appartenu à la mère morte tinter au fond de ma poche.

Je songeai à mon intrus. Ce devait être le plombier qui était venu le mois dernier. Ou un jeune, le même qui avait déplacé le carreau de la fenêtre. Je vérifiai le placardage que j'avais effectué la dernière fois. Rien n'avait bougé. Je me rendis à la deuxième fenêtre qui donnait sur le devant du cottage. Elle était pourtant bien camouflée derrière un bosquet de chèvrefeuille. Le carreau ne présentait aucune apparence de violation. Sur mon établi, rien n'avait été déplacé et aucune trace de pas n'était visible dans l'épaisse poussière.

Il y avait des années que je ne m'étais servi de mon coin de bricolage. Je détestais les rabots, les scies sauteuses et surtout les étaux. À peine utilisais-je un tournevis et les seules fois que j'avais eu besoin d'un marteau avaient été pour casser des noix de coco ou encore pour planter un clou afin d'y accrocher mes clés. Je perdais souvent mon trousseau. Père m'avait conseillé de le suspendre à un clou planté dans le cadrage de la porte. Ce fut la seule bonne idée de Père. S'il en avait déjà eu d'autres, j'avais simplement refusé de les mettre en pratique.

Cette nuit-là, j'eus du mal à dormir. Je voyais des Chinois partout et j'entendais des voix parler ce que j'imaginais être du mandarin. Et je vis Louise en train d'embrasser une Chinoise obèse, avec des dents sculptées qui lui descendaient jusqu'au menton. Louise riait: «Tu vois, mon Sylvain-tout-doux, au moins si tu lui avais donné quelque chose à ronger, Pye n'aurait pas la dent si longue!»

Chapitre 7

Ce matin-là, précisément le 7 juillet, j'entrai chez Van Houtte boire mon espresso. J'avais vingt minutes à moi. Je m'assis à une table entre un monsieur en complet beige et une dame âgée qui lisait Ludlum. Elle ne devait pas être très avancée dans sa lecture parce qu'elle passait son temps à regarder dans toutes les directions, comme Timine lorsqu'elle aperçoit une mouche. J'avais emprunté le *Voir*, magazine des intellectuels et des gays, tandis que le monsieur en habit beige lisait *Le Journal de Montréal*. Le café était âcre à souhait; j'y ajoutai deux autres carrés de sucre, mais je n'utilisai pas le petit bâtonnet parce que, toujours selon mon habitude, je préférais boire les gorgées sucrées à la fin.

Je consultai ma montre. Il était 9 h 16. Comme j'allais boire une autre gorgée, Chinois entra sans jeter un regard tout autour. Il se rendit au comptoir, commanda un café au lait, je crois, et vint s'installer juste à côté de moi. La situation me parut si farfelue que j'arrivai à croire que ce Chinois-là ne pouvait tout simplement pas être le mien.

Je me levai promptement et quittai le café avec circonspection. En fait, je ne le quittai pas tout à fait. Je m'amincis contre le mur de pierre de la librairie voisine et j'attendis. Il ne mit (fort heureusement pour Belzile) qu'une minute ou deux avant de sortir, beaucoup plus curieux une fois à l'extérieur qu'en dedans.

— Qu'est-ce que tu veux? lui lançai-je comme il passait devant moi.

Il ne sursauta pas. Une technique acquise par la pratique des arts martiaux, probablement. Selon moi, tous les Asiatiques étaient accros du tae kwando.

— Bonjour, monsieur. Belle journée, n'est-ce pas? répondit-il en s'éloignant.

Je courus afin de le rattraper. Je lui saisis le bras, ma foi avec un peu de fermeté.

— Qu'est-ce que tu veux? Pourquoi me poursuis-tu comme ça?

Il se déroba à mon interrogatoire.

— Acceptez ou enfuyez-vous!

Et il se mit à courir comme s'il y avait eu le feu.

Ce type n'avait aucune méchanceté dans la voix. J'avais plutôt entendu une énorme tristesse. Chinois avait prononcé: «Acceptez ou enfuyez-vous!» comme l'officiant lors d'un mariage: «Parlez maintenant ou taisez-vous à jamais!».

Je me hâtai de dérouler les auvents de la confiserie. Il était presque 9 h 30. Au coin de la rue, Belzile jasait avec un quidam. J'entrai préparer ses bâtons forts et je glissai un billet de dix dollars dans le petit sac. Je ne sais toujours pas pourquoi j'ai posé ce geste. Peut-être que l'argent de madame Chang, si inattendu en réalité, me rendait plus généreux tout à coup.

Père, lui, n'a aucune affabilité envers les robineux; il n'a aucune sollicitude pour ces pauvres types qui boiraient même de l'Eau de Floride. Tu leur donnes de l'argent, ils vont aller le boire à la taverne. Il dit que ça ne vaut pas la peine!

J'avais beau arguer que l'oncle Anatole recevait chaque mois un chèque de l'Aide sociale et que personne ne se souciait de ce qu'il en faisait, Père ne voulait rien entendre. Il détestait les itinérants, même ceux qui chantaient en chœur pour faire oublier leur commensalisme outrancier, il condamnait également les jeunes qui quêtaient à tous les coins de rue. En fait, à cause d'eux, Père abhorrait les grandes villes.

Belzile entra et je lui tendis son sac de friandises qu'il fourra dans la poche de son paletot.

— C'est pas croyable comme c'est rendu cher! Quand j'étais petit gars...

La porte s'entrouvrit de nouveau. Il était quelques minutes avant moins le quart. Je faillis tourner de l'œil. Madame Chang se trouvait devant moi, ensachée dans une grande robe de soie rouge qui dissimulait ses formes un peu enrobées. Belzile la fixait avec admiration, l'autopsiant du regard.

Le pauvre, s'il avait su qu'avec un peu de bonne volonté et un bon récurage il aurait pu épouser une Chinoise bien grasse et devenir richissime! Je faillis lui refiler le tuyau d'échappement.

— Vous… vous êtes de Chine, vous, hein? s'informa Belzile.

— Je suis à Montréal depuis 1953, cher monsieur!

Belzile fit le jars. Il y avait plus de quinze ans qu'on ne l'avait pas appelé «monsieur».

— Ça fait plus longtemps que moi! lança-t-il.

J'émis un rire quasi involontaire. Madame Chang n'avait pas mis les pieds dans ma boutique depuis sa première demande en mariage. Belzile ne partait plus, totalement séduit par ma vieille cliente.

— Qu'est-ce que je vous sers aujourd'hui? lui demandai-je, la voix éteinte.

— Vous!

Je blêmis comme une geisha. Madame Chang s'esclaffa.

— C'était une blague, monsieur Dupont. Aujourd'hui, je veux des chocolats. C'est pour ma fille. Elle s'ennuie tant, la pauvre…

— Je comprends, glissai-je en déposant les chocolats dans un ballotin doré. Je vous en ai mis pour 7 $.

— Merci, monsieur Dupont. Voici.

Elle me glissa un billet de 100 $. Belzile en perdit presque connaissance.

— Gardez la monnaie! conclut la vieille Chinoise en riant.

Puis elle sortit. Belzile sautait comme un enfant.

— Elle t'a donné cent piasses pour une boîte de nénanes! Eh ben, dis donc! Sont riches en désespoir, les Chinois d'icitte!

Ma patience s'érodait. J'aurais préféré que personne, un étranger de surcroît, ne fut mêlé à cette histoire. Surtout pas un itinérant crasseux qui arpentait la rue Saint-Denis depuis des siècles! J'étais surtout préoccupé de ce qu'il allait penser en apercevant le pauvre billet de 10 $ que j'avais généreusement glissé dans le fond de son sac de bonbons. Et tout ce qu'il allait raconter à l'*underground* montréalais!

— Tiens, Belzile, prends ça!

Il ouvrit sa main en forme de petit bol à dessert à cause de son habitude de mendier, je suppose, et j'y introduisis un billet de cinquante dollars.

— C'est plus que le pourcentage des droits d'auteur sur mes livres! Si tu ne parles de la Chinoise à personne, tu auras un billet à chaque vendredi.

Belzile avait beau être aussi bourré qu'un baril, j'étais certain qu'il avait très bien saisi l'opération lucrative qu'allait entraîner son silence. Il promit de ne rien dire. J'appris du même coup qu'il avait fait la guerre du Vietnam à l'époque où il vivait à Boston. Qu'il avait été marié à Lucille. Que j'étais, moi, son seul grand ami. Un ami riche est toujours plus intéressant à fréquenter, bien entendu. Mais moi, je ne me considérais pas l'ami de Belzile, je n'étais que la seule personne au monde qui lui avait témoigné un peu de respect. Désormais, j'allais mériter le sien. Acheté, peut-être, mais grandement mérité.

Belzile fit alors une chose que je n'aurais pas même soupçonnée.

— Je prendrais bien du chocolat. Pour dix piasses, s'il vous plaît ! fit-il avec la plus grande fierté sur le visage en extirpant le billet qu'il venait de trouver dans son sac de bâtons forts.

Puis, il ajouta:

— T'es ben *smart*, Sylvain! Si j'avais une sœur, je te la présenterais. T'es vraiment ben aimable!

Puis, il sortit à son tour.

À 17 heures, je fermai la boutique et appelai un taxi. Je me fis reconduire chez moi. Lorsque j'enfonçai la clef dans la serrure, le téléphone sonna. Pour aller répondre, je dus enjamber Timine qui dormait, étendue sur le côté, près de la bergère qui avait appartenu à ma mère. C'était Père. Il était inquiet de moi, mais il ne savait pas vraiment pourquoi. Il me raconta que Sofranie, la femme de l'oncle Anatole, était morte d'un infarctus, que le HLM de mon cousin Alexis était envahi par les fourmis et que les poitrines de poulet désossées n'étaient que 8, 95 $ le kilo chez Provigo. Tous des sujets qui plaisent terriblement à un fils écrivain de cinquante ans! Quoique j'aime beaucoup le poulet. Mais je déteste que Père me téléphone pour d'aussi évidentes balivernes.

Je raccrochai, prétextant quelqu'un à la porte. Je me penchai pour gratter Timine et me relevai complètement horrifié! Ma chatte ne dormait pas. Elle était morte. Je lui soulevai la tête qui retomba avec le bruit d'une tomate mûre. Je me mis à crier, à appeler tous les saints du ciel, je prononçai même le nom de ma mère qui s'était depuis des années enfui de mon vocabulaire. Je sais bien qu'un chat n'est qu'un chat et que beaucoup d'écrivains ont, un jour ou l'autre, prêté langage à leur chat pour tenter d'imaginer ce que ces félins pensent des hommes, mais j'étais inconsolable. Timine, malgré sa présence silencieuse, remplissait ma vie comme si j'avais eu une fille. Elle s'épanouissait dans son indolence de vieille chatte. Le matin même, Timine s'amusait avec mes orteils de célibataire qui dépassaient du drap. Elle n'était plus qu'une carcasse de chat mort. Je ne savais quoi en faire. J'envisageai de l'enterrer dans le jardin, juste à côté du weigelia carnaval. Elle aimait cet arbuste. Elle passait de longues minutes à humer chaque fleur du weigelia, qui en portait des centaines!

C'est ce que j'ai toujours détesté à propos de la mort. Ceux qu'on aime devraient disparaître spontanément dès qu'ils meurent. La douleur provient surtout du fait qu'on s'entête à conserver leur corps durant des jours pour attiser notre peine. Lorsque les larmes s'assèchent, on se hâte de braquer le regard sur le cadavre maquillé pour l'occasion, afin de pouvoir brailler de plus belle. Timine devait disparaître sur-le-champ!

En voulant la prendre dans mes bras, je distinguai, près de sa gueule, une espèce de bave laiteuse et un filet de sang pas encore séché avait coulé de ses narines. Je la déposai sur la moquette. Dans l'entrée, juste sous la fente de la porte prévue pour la livraison du courrier, j'aperçus une enveloppe brune mâchouillée et encore humide qui sentait le thon en conserve. Près de l'enveloppe, des morceaux d'un produit verdâtre avaient été oubliés. Je courus chercher un petit pot et je ramassai les miettes. Visiblement, Timine avait mangé le contenu de cette enveloppe.

En pleurant, je sortis dans la cour et, avec une bêche et une pelle ronde, j'entrepris de creuser une fosse pour ma chatte.

Pas un instant je ne me suis questionné sur l'identité de l'empoisonneur. Ni sur les motifs qui l'auraient incité à tuer une chatte qui n'avait fait de mal à personne.

Je creusai toute la nuit. Vous allez penser que c'est un peu exagéré. En réalité, la fosse devait être assez profonde et d'une amplitude telle que je puisse enterrer Timine à même le fauteuil préféré de ma mère.

Chapitre 8

Le commissaire Sébastien entra dans une fureur telle que même les merles s'envolèrent du grand pin rouge. Il allait retrouver ce type qui avait tué Hermine!

Je déteste les parenthèses et j'essaie de ne pas en abuser. Ces signes typographiques ne sont que des cases, des barrières qui enferment une pensée que, bien souvent, l'écrivain n'a pas tout à fait le courage d'écrire. Si j'écris « je songeai à ma mère» (que je tentais vainement d'oublier), la vérité se trouve davantage entre les deux parenthèses. C'est comme si j'avouais que le lecteur a le choix de lire ou de ne pas lire les propos qui se trouvent entre parenthèses. C'est aussi comme une confidence offerte avec une certaine humilité. Les parenthèses existent pour encadrer les choses difficiles à dire et en diminuer l'impact. Elles nous sauvent parfois la vie.

La mienne était justement entre parenthèses. Je ne savais plus que faire. Je vis mon psychiatre plusieurs fois cette semaine-là. Jérôme avait vraiment beaucoup de sympathie pour moi à cause de la mort de Timine. Il aimait les chats. Mais il s'attarda presque exclusivement à ce maudit fauteuil que j'avais enterré avec Timine étendue dessus.

— Timine dormait toujours dans ce fauteuil, lui expliquai-je.

— Mais encore?

— Il n'y a rien d'autre.

— Si!

— Quoi donc?

— Sylvain, ce vieux fauteuil était symbolique. Timine était indispensable pour toi. Elle veillait sur la maison, elle t'aimait sans conditions comme …

— … comme ma mère, vous voulez dire?

— Ouais!

— Eh bien, ma mère est morte quand j'avais neuf ans! Et… et… Timine, elle…

Ce bougre de psychiatre m'avait eu, encore une fois. Ces quatre années à étudier les bibittes qui circulent dans la tête des hommes avaient, une fois de plus, eu raison de ma faiblesse.

— Sylvain! Tu as enterré ta mère pour de bon, me murmura le docteur, aussi simplement que s'il m'avait demandé cent grammes de pastilles au beurre.

Je savais que je n'aurais pas dû inhumer la bergère qui avait appartenu à ma mère, mais je ne voulais pas que Timine passe l'éternité dans une boîte à chaussures ou froidement déposée entre deux couches de terre humide, avec les vers et tout.

Il y avait des années que je me faisais soigner par les psychiatres parce qu'on m'y avait obligé. Je détestais souvent leurs analyses profondes qui, selon moi, allaient bien au-delà de mes propres motivations. Tout seul, je ne me cassais pas la tête avec les fauteuils et les chats morts. Avec mon psychiatre de l'heure, je fouillais partout dans mon subconscient. Je devais expliquer pourquoi je ne voulais pas porter de chaussures avec lacets; pourquoi je n'arrivais pas à me brosser les dents avec du dentifrice bleu; pourquoi je ne sortais jamais sans un caleçon propre dans le havresac que je traînais partout avec moi.

Tous ces gestes sans importance devenaient si essentiels pour mon psychiatre que parfois je me demandais pour quelle raison on enseignait cette spécialité de la médecine à l'université. Ces psys auraient dû être fossoyeurs. Ils seraient plus à leur place, selon moi.

Jérôme avait décrété que j'avais définitivement tué ma mère.

— Attention! Tu ne l'as pas tuée, Sylvain. Tu as accepté sa mort, c'est très différent!

J'avais dû me rendre à l'évidence. Je quittai le bureau de Jérôme, plus malade que lorsque j'étais arrivé. Dans ma tête, tout était emmêlé.

Louise me reçut contre sa poitrine. C'est ce que j'aimais de mon amie Louise. Ses seins étaient disponibles pour les consolations, sans aucune arrière-pensée. J'aimais m'y enfouir sans qu'elle ne vît là une manœuvre précoïtale.

— Qui t'a fait ça, mon Sylvain-tout-doux?

— Timine est morte empoisonnée. Il a mis du poison à rat dans de la pâtée au thon pour tuer ma chatte. C'est quand même paradoxal, tu ne trouves pas? Timine, qui a bouffé des centaines de souris, est morte après avoir bouffé de la mort-au-rat, Louise! Et je l'ai couchée sur le fauteuil de maman... et je les ai enterrés tous les deux. Et c'est bien fait pour eux!

Je braillais comme une trompette bouchée. Ce que j'aimais encore plus de Louise, c'était qu'elle donnait sans rien demander.

J'entendis bouger dans la cuisine. Louise s'en aperçut et devint mal à l'aise.

— Ah! C'est... c'est Fabiola. Elle a couché ici la nuit dernière. Il faisait trop chaud dans son appartement.

Fabiola nous rejoignit. Son peignoir était entrouvert et laissa voir son nombril et quelques poils de sa chatte. À la vue de cette dernière, je pensai à Timine et me remis à chialer de plus belle.

— Ce doit être cette maudite madame Chang! Ou ce Chinois qui me suit partout!

— Pourquoi auraient-ils fait du mal à Timine, voyons, mon coco!

— Pour que je cède finalement. Pour que je me marie avec la grosse Chinoise! Merde!

Mes copines se regardèrent avec un sourire entendu puis, Fabiola, déjà comme chez elle, m'offrit une tisane. L'appartement exhalait les effluves sexuels féminins. J'avais du mal à imaginer Louise et Fabiola en train de se minoucher, mais je devais me rendre à l'évidence. On ne se promène pas chez les gens avec un peignoir mal fermé si ce n'est pour démontrer une certaine relation intime. Je me sentais de trop dans cet antre de Lesbos, comme disait Jérôme. Mais j'avais tant besoin du réconfort de Louise et mon psychiatre m'avait recommandé de ne pas garder mes problèmes pour moi tout seul.

Louise alluma une cigarette et souffla sa première bouffée du côté opposé à moi. Pourquoi n'arrêtait-elle pas de fumer si elle réalisait à ce point-là qu'elle pouvait me déranger? Elle vint s'asseoir sur mes genoux comme une fillette, en recroquevillant ses jambes au-dessus du canapé.

— Sylvain, dessine-moi un chaton, glissa-t-elle avec une bouche pulpeuse qui me fit chavirer.

À cet instant très précis, je le jure, je compris que j'avais toujours été amoureux de Louise. Pour la première fois, la fragrance de sa peau me bouleversa; le satiné de son bras me fit frissonner; la pointe de ses seins ne me conviait plus amicalement comme avant; sa chevelure à la noix de coco me troubla. Je crois qu'elle s'en aperçut parce qu'elle se leva en riant avec nervosité.

— C'est vrai que tu ne dois sûrement pas avoir envie de dessiner en ce moment, mon coco. Ton père va bien?

Louise connaissait mes sentiments envers mon paternel. Et, c'est exprès qu'elle me posa cette question, afin que je me refroidisse. On dit: «Ton père va bien?» exactement comme on dit: «Et ta sœur?» lorsqu'on veut changer de sujet, car il n'y a pas plus terre à terre que cette question.

— Il va bien. Il a eu du poulet en solde chez Provigo, laissai-je tomber platement.

Louise se mit à rigoler.

— Pauvre vieux. Il n'a que ça à faire, courir les soldes.

Je ne comprends pas. Tous les vieux que je connais, qu'ils soient de Saint-Henri ou de Westmount, collectionnent les coupons rabais. Père adore fureter dans les circulaires de fin de semaine et, dût-il dépenser 50 $ en essence pour faire rouler sa vieille Chevy Nova 1987 d'une épicerie à l'autre, il est heureux de pouvoir économiser 3 $ sur les poitrines de poulet désossées.

C'est ainsi que sont tous les vieux que je connais. Je suis sûr que les marchés d'alimentation ont inventé les coupons rabais pour contribuer à garder les vieilles personnes en bonne forme physique. Au fond, c'est très méritoire, je n'avais jamais pensé à ça!

— Écoute, Sylvain-tout-doux! Tu iras t'acheter un nouveau fauteuil. Allons, oublie ça! chuchota Louise.

Je ne sais pas pourquoi, mais je sanglotai de plus belle. Fabiola m'apporta une tisane et vint s'asseoir sur le bras du canapé. Elle voulut me faire rire et me dit:

— Alors, ce n'est pas moi que tu épouses, le 26 juillet? C'est bientôt et je n'ai pas encore choisi ma robe.

Louise intervint.

— Laisse, Fab! Sylvain sait ce qu'il a à faire. Il ne se mariera avec personne!

— Pourquoi ça?

— Parce qu'il va acheter les Éditions Levasseur...

Fabiola mit un certain temps, mais elle finit par comprendre. Elle applaudit comme une groupie et leva son verre de jus d'orange à notre santé.

— ... et parce que c'est moi qu'il aime, pas vrai mon petit Sylvain-tout-doux? conclut-elle en m'embrassant sur le front.

Ce matin-là, j'étais fiévreux et je demandai à Père, comme il m'arrivait très peu souvent de le faire, de me remplacer à la confiserie. Ça le rendait heureux. Il allait discuter avec Belzile et peut-être allait-il rencontrer madame Chang. Cette pensée me fit frémir.

J'enfilai mon peignoir molletonné, avalai deux Tylenol, puis m'installai à l'ordinateur. Un de mes éditeurs m'avait demandé de lui préparer la quatrième de couverture de mon livre à paraître. C'est impensable tout ce qu'un auteur doit écrire en plus de son œuvre. Une courte biographie, un résumé de son ouvrage pour le catalogue de l'éditeur, quelques lignes pour accrocher les lecteurs et, parfois, le texte de la quatrième de couverture. Avant, l'éditeur écrivait tout ça. L'auteur, lui, restait bien tranquille chez lui, abandonnant son ouvrage à ces spécialistes de l'édition, soignant son âme et vivant dans l'espoir d'un prix littéraire.

Maintenant, c'est l'écrivain qui doit dire qu'il est le meilleur de la planète et que son bouquin est incontournable.

Quoique, depuis que le commissaire Sébastien était sorti de mon imaginaire, je n'avais pas eu à trop en mettre. Ce n'était pas le succès de Sherlock Holmes ni d'Hercule Poirot, bien sûr, mais Marcel Sébastien recevait toujours un bon accueil. Surtout chez les adolescents, qui adorent les polars. Mais celui que j'étais en train de concocter allait faire un tabac! J'avais convenu d'un nouveau titre: *Le commissaire Sébastien et l'affaire Chang.* C'était peut-être un peu trop collé à la réalité, mais ça me faisait tellement plaisir...

Chapitre 9

Encore un bruit étrange dans la cave. Cette fois, pas de Timine pour faire bouger ses oreilles, je dus le faire moi-même. Je me précipitai en bas de l'escalier, le tisonnier à la main, À quelques mètres du caveau à légumes, je pus voir distinctement les traces des plis d'une couverture ou d'une bâche, récemment imprimés dans la poussière, ce qui me fit honte. Je n'avais pas nettoyé la cave depuis au moins quatre ans. Dans le coin, près de mon établi, je trouvai un deux litres d'eau de source et un petit miroir qui avait été accroché à un clou. Sur une tablette avaient été discrètement posés une brosse à dents et un tube de dentifrice. Du dentifrice bleu, celui qui me fait lever le cœur!

Quelqu'un s'était installé chez moi. Je vérifiai les fenêtres. Les carreaux n'avaient pas été déplacés. Le cabinet de la toilette d'appoint avait été nettoyé, alors que jamais personne ne l'utilisait, du moins à ma connaissance. Un frisson courut le long de mon cuir chevelu, d'une tempe à l'autre. J'écoutai le silence. Et si mon pensionnaire était toujours là, dans la même pièce que moi? Je posai les index sur mes deux carotides pour faire taire le remous de la station de pompage. J'aurais entendu un insecte marcher au plafond tellement le silence était grand.

— Y'a quelqu'un? Allons, je sais que tu es là! Sors de ta cachette. Je n'appellerai pas la police. On va jaser tranquillement tous les deux. Allons, sors de là!

J'attendis un mouvement d'impatience, un soupir discret, un pas maladroit. Rien ne se produisit. L'intrus n'était visiblement pas dans la cave ni sensible aux leçons de morale.

J'avais réussi à oublier ma maladie du matin. La fièvre était tombée et j'avais chaud. Je remontai à l'étage et éteignis la lumière en me disant que c'était bien fait pour lui. Je courus jusqu'au tiroir à débarras dans la cuisine et attrapai un verrou escamotable que je m'empressai de fixer à la porte de la cave. Si quelqu'un habitait là, au moins ne pourrait-il pas remonter dans la maison et s'y sentir chez lui.

Ne pas téléphoner à la police me demanda un gros effort. Je ne voulais pas non plus parler à Père de Chinois, de madame Chang et de ses milliers de dollars. J'avais peine à lui parler de Louise, alors…

Je sursautai. On venait de sonner à la porte. Je me rendis d'abord à la fenêtre du salon d'où je pouvais voir le balcon de l'entrée. C'était le facteur qui patientait en se curant les narines avec l'enthousiasme d'un excavateur. J'ouvris.

— J'croyais qu'il n'y avait personne! J'allais le laisser chez la dame d'en face.

Je saisis le colis qu'il me tendait, pressé de me retrouver seul pour le déballer. Le facteur était intrigué et tellement sympathique que je ne montrai aucun signe d'impatience.

— Ça doit lui coûter cher de frais de poste, glissa-t-il en le regrettant aussitôt, puis en riant de bon cœur.

— Qui ça donc?

— Eh ben… la dame qui… euh… la personne qui…

Le facteur venait visiblement de commettre une indiscrétion. Il savait des choses que j'avais l'intention de lui faire avouer.

— Oui, c'est une dame. Elle est très gentille et elle tient beaucoup à moi. Vraiment beaucoup! lui lançai-je comme on offre une mouche à une truite.

— Ah! Pour ça, oui! Elle me remet toujours les colis en mains propres et tient à ce que je vienne moi-même les porter.

— Elle ne va pas au bureau de poste comme tout le monde?

Mon postillon était nerveux, car nous savions tous les deux que la manœuvre de madame Chang n'était pas réglementaire.

— Euh… écoutez. Je connais cette dame depuis que je suis jeunot. Elle habitait juste à côté de chez nous. Son frère travaillait pour mon père à l'épicerie et…

Je l'interrompis poliment, car j'avais toujours eu beaucoup de respect pour les commerçants.

— Vous connaissez sa fille? le questionnai-je.

Il réfléchit avant de me répondre, ce qui me parut un peu suspect.

— Sa fille? Quelle fille?

— Elle s'appelle Pye. Elle est… euh… enveloppée, fis-je en imitant le Bibendum de Michelin.

Il se mit à rire, puis regarda du côté de la rue transversale. Il s'arrêta net. Mon facteur venait d'apercevoir quelqu'un d'embarrassant puisqu'il s'excusa et me quitta furtivement.

Même si j'étais en peignoir et que je portais mes chaussettes blanches, je descendis les marches de l'escalier jusqu'au trottoir et je fis quelques pas du côté où avait déguerpi l'employé des Postes.

Je rageais. Qu'était donc cette machination qui hantait désormais mon existence? Je me hâtai d'aller à l'ordinateur.

Le lieutenant Comeau offrit à son collègue ses condoléances. Il ne connaissait pas beaucoup Hermine, mais il éprouvait pour le commissaire Sébastien une réelle sympathie. Ce dernier était persuadé que Lueur jaune avait assassiné sa femme. Du fond de son âme venait de naître le désir de la vengeance. Sébastien se promit d'anéantir ce sale Chinois, de lui faire expier sa cruauté avant de le découper lui-même en rondelles.

Lorsque j'écris des polars pour ados, je n'exprime ni violence ni cruauté parce que, même si l'on sait dans le milieu que les jeunes adorent les scènes de sang et de batailles, je serais conspué par mes pairs si j'acceptais d'en écrire. Mes éditeurs ne veulent pas non plus de scènes à caractère trop sexuel, même si l'on admet que les jeunes en savent vachement long sur le sujet. Les aventures du commissaire Sébastien sont destinées à un lectorat adulte. Les enjeux ne sont pas les mêmes, paraît-il. Alors, je fais attention. Louise, elle, prétend au contraire que ce qui fait la différence entre la littérature pour adultes et celle qui est destinée aux jeunes, c'est que dans la littérature jeunesse on baise un peu moins.

Sébastien, fiévreux, se leva et quitta le bureau du lieutenant Comeau.

— Les rats doivent vivre sous terre! marmonna-t-il en claquant la porte.

Je quittai prestement mon bureau et décidai enfin d'ouvrir ce maudit colis. Nous étions donc maintenant plusieurs à connaître l'existence des paquets que m'envoyait madame Chang.

À l'intérieur, engoncé dans un papier de soie bleue, je trouvai cette fois un petit pot de porcelaine qui valait à lui seul l'envoi de ce colis. Tout au fond, je comptai dix rognures d'ongles peints en rouge. Dix petites demi-lunes carmin qui devaient appartenir aux doigts boudinés de la grosse Pye. Elle avait dû attendre longtemps pour qu'ils fussent aussi longs. Les couper avait dû lui crever le cœur.

Ma copine Louise ne dit-elle pas vouloir mourir parce que «je me suis cassé deux ongles, mon coco, figure-toi!» Je ne comprends pas pourquoi la longueur des ongles revêt une aussi grande importance chez certaines femmes. Est-elle relative à la force de leurs griffures? Moi, j'avais plutôt tendance à fuir ces femmes qui risqueraient de me les planter dans la peau comme… enfin. Je ne veux plus parler de Timine.

Dans la petite enveloppe, cette fois Mme Chang avait placé un mandat bancaire de 10 000 $!!!

— Mais elle est complètement folle! Sa fille ne vaut pas ça! Et… et moi, encore moins!

J'ai ri sans retenue comme lorsque j'avais six ans et que j'étais insouciant et heureux.

Je le racontai à Jérôme. À six ans, j'étais parfaitement heureux. J'obtenais deux bonbons pour un sou, maman me donnait mon bain tous les samedis soirs avant le hockey et Père travaillait soixante heures par semaine. À six ans, je n'avais peur de rien. Ni des filles ni des chinoiseries. Quand ma mère est morte à cause de cette foutue cigarette, j'ai commencé à fréquenter la vulnérabilité. Comme si j'avais perdu la clé de ma maison.

Je téléphonai à Père, à la boutique. Tout se passait bien. Il était très surpris qu'un jeune punk lui ait demandé des condoms en lui certifiant que je lui en avais déjà vendu à plusieurs reprises.

— Ça prend un malade mental pour s'imaginer qu'on peut acheter des capotes dans une confiserie! affirma-t-il.

— Ouais… t'as raison! le rassurai-je. Personne ne m'a demandé?

— Des vieux clients qui s'inquiétaient de ta santé. Belzile n'a pas pris ses bâtons forts. Il reviendra demain. Tu vois jusqu'où ça va la fidélité, mon garçon?

— À part ça?

— À part ça, personne ne t'a demandé spécialement.

Père réfléchit quelques secondes.

— Dis donc, mon garçon, me caches-tu quelque chose? Une jolie femme peut-être?

Il se mit à rire comme un mauvais père Noël et me quitta brusquement parce qu'un client venait d'entrer.

Je pensai à Louise. Je l'attendais autour de 16 heures. Elle serait seule et j'allais me confier cette fois. Il fallait que je lui parle de mes frissons lorsqu'elle me frôlait, et aussi de Fabiola. Je voulais savoir si elles avaient couché ensemble. Et comment c'était, surtout. J'allais aussi m'assurer que l'amour avec un homme pourrait l'intéresser. «À voile et à moteur», comme disait mon psychiatre. Mais je n'étais pas un génuflecteur. Je n'allais surtout pas m'abaisser à quémander l'affection de Louise. Quoique.

Je me surpris à m'asperger de sa fragrance préférée et à me tailler les poils du nez parce qu'elle me faisait souvent des remarques à ce sujet.

Voilà où j'en étais. Un intrus faisait du camping dans le sous-sol de ma maison, madame Chang m'avait enrichi de 22 000 $ pour se débarrasser de sa fille, mon Chinois me boudait depuis quelques jours et, à cinquante ans, j'étais amoureux de ma copine Louise. Quelle existence que la mienne!

Je m'enfermai dans la douche. L'eau fraîche me fit un bien énorme. Les yeux fermés, je saisis la savonnette et la fis tournoyer sur ma poitrine. Une odeur de bois de santal me fit supposer que je ne connaissais pas cette savonnette. J'ouvris un œil. Effectivement, il s'agissait d'un pain de savon de facture orientale, à en juger par les signes chinois gravés autour d'une fleur de lotus.

D'ordinaire, j'achetais les savonnettes à la douzaine, en solde, selon les habitudes économes de Père. Je ne me serais jamais procuré une si belle savonnette. J'étais totalement éberlué. Quelqu'un avait placé dans ma douche une savonnette de qualité. Je précipitai mes gestes de doucheur et m'essuyai. Puis, je plaçai une débarbouillette devant mon appareil génital pour me rendre jusqu'à ma chambre, en marchant sur la pointe des pieds.

C'est bizarre, cette crainte de la nudité. Elle est intériorisée. Ce corps avec lequel je vis depuis plus de cinquante ans me procure un sentiment de gêne dès qu'il se retrouve à poil. Même seul dans la maison, quand je sors de la douche, pour passer d'une pièce à l'autre, je me cache pudiquement derrière un petit carré de serviette. Juste un petit carré de serviette à peine plus grand qu'une feuille de papier et je perds totalement ma pudibonderie, celle inculquée par ma mère à coups de «cache ton moineau, Sylvain! le chat va te le manger!». Pas que j'en veuille à ma mère de m'avoir empêché de détaler tout nu devant les copains, mais je regrette parfois qu'elle ait trouvé ça monstrueux que je joue au hockey. À l'école, mes camarades qui jouaient au hockey n'étaient pas timides face à la nudité. Ils l'avaient matée à force de plaisanteries. Louise prétend d'ailleurs que les filles n'aiment pas leurs seins parce qu'elles n'ont observé que ceux des filles dans les magazines et pas du tout les seins de leurs copines, les vrais. Ceux qui tombent ou qui retroussent avec ambition. Les sacs de sucre ou les petits melons granités. Il n'y a rien de mieux que le sport d'équipe pour accepter sa condition, enviable ou, au contraire, déplorable.

Cependant, je dois dire que le peu d'audace que je possède au sujet de la nudité me vient de Père. Il ne se gênait jamais pour traverser la maison en costume d'attaquant, fier comme un taureau, afin d'épater ses putains. Mais une fois l'heure de se vêtir, il portait toujours ces fichus caleçons à jambes longues qui lui conféraient un air ridicule.

À 16 heures, j'étais brossé et j'avais revêtu mon costume de toile bleue et ma chemise d'organdi jaune, avec chaussures assorties. Louise allait arriver. Et je repassais dans ma tête les mots qui allaient éclater comme des pétards. Des mots trop longtemps tus. Jamais mon choix de dire par l'écriture ne m'était apparu aussi évident, même si Père croit qu'écrire plutôt que de dire est une attitude de froussard. Quand j'écris, je prends le temps de choisir chaque mot selon sa sonorité et pas seulement pour ce qu'il signifie. Dans: *les mots bruissent comme des froissements de mousseline*, j'ai choisi chacun d'eux pour le geste qu'il pose. Certains sons éclatent, d'autres murmurent, d'autres encore se taisent. Je vous jure que j'y pense chaque fois.

À l'école, notre professeur nous avait demandé de raconter un événement spécial qu'il avait intitulé: *La première fois que...* Monsieur Cournoyer était un enseignant téméraire pour l'époque. Il se tenait en marge des autres qui proposaient plutôt des sujets comme l'automne ou les vacances. Lui, ce fut *La première fois que...*

Dans la vie de vingt-sept gamins de onze ans, il y avait plusieurs premières fois et la majorité d'entre elles ne se disaient pas. François Déziel avait raconté, je m'en rappelle encore, la première fois qu'il avait bu le vin de messe du curé Gélinas. Notre professeur avait envoyé Déziel au bureau du directeur pour y recevoir une raclée mémorable.

Moi, j'ai écrit: *La première fois que ma mère est morte...*

Monsieur Cournoyer est demeuré interloqué devant ma composition. Puis, avec beaucoup de compassion, il m'a dirigé vers le presbytère, comme ça, pendant les heures de classe, avec mon texte dans une grande enveloppe sous le bras, comme un document militaire.

Le curé Gélinas l'avait lu avec une voix qui perdait progressivement son assurance de sermonneur. Arrivé à la fin, la voix brisée, il n'avait prononcé que ces mots: «C'est très beau, Sylvain. Tu vas devenir un grand écrivain.» Puis, nous avons bavardé de tout et de rien: de la température, des vacances et des filles.

Louise était enfin là. Elle n'avait pas attendu que je lui ouvre la porte.

— Donne-moi un martini. Imagine-toi que ton Chinois m'a suivie jusqu'ici.

— Ah bon! laissai-je tomber.

— Crois-tu qu'il puisse être… dangereux?

— Non, c'est un doux.

— Pourquoi alors m'a-t-il collé aux talons?

L'heure avait sonné. Je voulais répondre: «Parce qu'il sait que je t'aime et que je vais t'épouser!» Je répondis plutôt:

— C'est parce qu'il sait que je suis attaché à toi, Loulou.

— Et puis après?

— Ça doit l'emmerder.

— Pourquoi ça l'emmerderait?

— Peut-être qu'il est gay et qu'il m'aime.

Je renversai la tête et me mis à rire.

— Écoute, Loulou. Tu te souviens que j'ai raconté à madame Chang que je me mariais le 26 juillet?

— Oui. Tu me l'as dit.

— Le 26 juillet, c'est dans deux jours.

— Et c'est ta fête, petit coco! Qu'est-ce que tu veux pour ton anniversaire, pendant que j'y pense?

Louise était ainsi faite. Elle butinait d'un sujet à l'autre sans trop se soucier de l'ordre de grandeur. Elle était la reine du coq-à-l'âne et je m'amusais bien avec elle. Ce que je voulais pour ma fête, Louise était à des lieues de pouvoir l'imaginer.

— Je ne veux qu'une chose.

— Et c'est? me demanda-t-elle en posant sa main sur ma cuisse si sensible aux effleurements.

— Me marier le 26 juillet.

Elle resta bouche bée.

— Avec cette grosse Chinoise? Mais, Sylvain-tout-doux, je n'en demandais pas tant! Juste que tu acceptes l'argent de la vieille madame Chang . Pas que tu te maries avec sa fille. Je ne le supporterai jamais! Tu es complètement fou, Sylvain Dupont! Je m'en vais, tiens! Tu es trop imbécile!

Louise se leva, replaça sa jupe, ouvrit son sac à mains, attrapa son paquet de gauloises et en alluma une. Elle prit quand même soin d'exhaler sa fumée du côté de la fenêtre ouverte. Elle ne partit pas. Elle resta debout, à côté de moi, à portée de main. J'étais ravi qu'elle éprouvât de la jalousie. J'aurais pu en rester là et savourer ma victoire. Je lui dis:

— Tu as baisé avec Fabiola?

Ses yeux s'emplirent de larmes et me fixèrent.

— Et toi, t'as baisé avec ton père?

J'étais bouleversé, surtout que tous mes psychiatres m'avaient un jour ou l'autre posé cette question avec, évidemment, des termes de médecine. Ils parlaient plutôt d'abus sexuels. Ou de relations incestueuses qui ne s'étaient jamais produites. Venant de Louise, ainsi crachés avec rage, ces mots ne prenaient pas l'importance qu'ils avaient eue entre les quatre murs d'un bureau de psychiatre.

Je me levai en maudissant ce père que j'avais eu. Ce père qui éloignait de moi tout ce qui était bon. Ce père que j'aimais sans raison.

— Sylvain, je m'excuse. Je ne voulais tellement pas te parler de lui. Tu m'as choquée, alors j'ai parlé trop vite. Fabiola et moi, c'est fini.

Cette toute petite phrase me projeta dans le plus profond désarroi. J'avais donc eu raison. Louise et Fabiola avaient entretenu des relations lesbiennes à mon insu.

— Tu as de la peine? arrivai-je à prononcer.

— Elle est marrante. Elle fait des massages, si tu savais! Je n'ai pas eu le temps de m'attacher vraiment, mais je vais m'ennuyer toute seule.

— Je pourrais... tu pourrais...

— Je ne supporterais pas de la voir aux éditions tous les jours. Chiasson a mis fin à son contrat.

— Tu n'as pas fait ça! lui lançai-je sur un ton de reproche.

— Je me gênerais! On ne peut pas continuer à travailler ensemble. Je la verrais tous les jours; elle utiliserait sa petite voix de soprano pour me faire chier; elle poserait sa main longue sur le coin de son rapport de lectures en le tapotant de l'index; sa bouche sentirait le petit poisson rouge!

Louise se mit à sangloter comme une toilette bouchée. J'eus l'impression qu'elle était devenue ridicule, tout à coup. Je n'avais pas du tout l'intention de m'apitoyer, puisqu'elle ne s'était même pas intéressée à mon costume bleu, à mon eau de toilette citronnée, à mes chaussures assorties.

Pourtant, on peut toujours compter sur les homosexuels pour porter leur attention sur une belle chemise d'organdi ou sur une eau de Cologne de qualité. On dirait qu'ils ne peuvent s'empêcher de s'exciter à propos de ces petits détails qui semblent anodins aux hétéros. Il n'y a que les gays pour s'étonner devant une estampe japonaise; pour s'exclamer à propos d'une jolie nappe brodée ayant appartenu à notre mère; pour crier leur joie devant un miroir en vieil argent. Louise était une femme exaltée. Tout ce qui était beau la conduisait vers le nirvana. Jamais de demi-mesure.

C'était parce que l'amour hérétosexuel était trop banal qu'elle avait préféré celui de Fabiola.

Je sentais que je n'allais pas pouvoir offrir à Louise cet affolement qui la comblait. Ni ces ingénieux tapotements ou ces petits massages patients qui me rendaient si agressif. Mon psychiatre aurait dit que je ne peux pas donner ce que je n'ai pas reçu.

À neuf ans, je n'avais plus ma mère pour me frictionner la poitrine avec de l'huile camphrée, ni pour me caler contre sa généreuse poitrine. À neuf ans, j'avais perdu le sens du toucher. Le sens de la peau. Et je n'avais pas pu compter sur Père pour m'enseigner à prodiguer du plaisir aux femmes.

Un jour, il avait proclamé que si les femmes devenaient lesbiennes, c'était à cause de l'égoïsme des hommes. Plus tard, il avait plutôt déclaré qu'elles ne se complaisaient qu'entre elles parce qu'elles étaient atteintes d'une profonde affection mentale.

Dans la vie de Père, il y avait eu Maryse et Sonia. Deux lesbiennes qui lui permettaient d'assister à leurs ébats. Père savait beaucoup de choses à propos des lesbiennes. Mais il était persuadé qu'il aurait beau faire, jamais il ne pourrait les rendre heureuses parce qu'il n'avait aucunement leur patience. Cette patience qui n'appartient qu'aux femmes. Elles peuvent prendre des heures à débusquer un petit endroit érogène jamais stimulé; un centimètre d'épiderme jamais visité par le bout de leur langue. Les lesbiennes sont patientes. Les hommes précipitent les choses et leur extase est trop brève.

Parce que je savais tout ça à propos de Louise, j'étais jaloux de sa tristesse, moi qui n'avais jamais connu la moindre peine d'amour. Les femmes ne m'avaient jamais aimé. Et ma mère m'avait laissé tomber alors que je n'avais que neuf ans. Je décidai alors de ne rien dire à Louise. De ne pas lui avouer qu'elle était la seule chose au monde qui comptait pour moi.

Père téléphona. Il avait eu une journée tranquille à la confiserie. Il avait déposé les recettes à la banque. Il avait enroulé les auvents. Une trentaine de clients. Deux fois, le même maudit Chinois qui avait acheté deux sucettes au caramel écossais.

— Et toi? conclut-il.

— Moi, ça va. J'ai quelqu'un, je te rappelle.

Je fermai vite avant qu'il ne me posât des questions.

— Il est cool ton père, tout de même! lança Louise.

Je ne répondis rien à cette allégation de ma copine. Elle avait ses opinions, j'avais les miennes. Père était cool quand il me remplaçait à la confiserie.

Nous restâmes assis à parler de tout et de rien. Louise ne voulut pas savoir pourquoi j'avais tant tenu à la voir ce soir-là. Et je ne le lui avouai pas. Ce sont les aléas de la communication entre les gens, même ceux qui éprouvent un grand attachement les uns envers les autres. Elle ne revint pas sur le sujet de mon mariage avec Pye. Je n'en parlai plus.

Ouvrir la bouche, ce n'est rien. La refermer avec élégance est une autre affaire.

Chapitre 10

J'eus cinquante et un ans dans la plus grande des solitudes. Ce genre d'esseulement qui secoue le corps de sanglots. Des larmes qui rêvaient de nettoyer tout le passé. Des larmes qui souhaitaient régler une fois pour toutes l'abandon de ma mère. Je fermai la confiserie à 13 heures, fatigué de faire la navette entre la caisse et l'arrière-boutique dans le seul but de me moucher et me vaporiser les narines de liquide décongestionnant.

— Vous avez pleuré? me demandaient les bons clients.

— C'est l'allergie! je suis allergique aux moisissures. Vous savez, c'est un vieil immeuble. La rue Saint-Denis n'est pas construite d'hier.

— Vous m'avez fait peur, Sylvain. Je croyais qu'il vous était arrivé un grand malheur.

— Non, c'est l'allergie! Je suis allergique, je vous le jure!

Je rentrai à la maison. Je téléphonai à Louise, qui avait oublié mon anniversaire. Elle n'était pas chez elle. Je montai me coucher dans la chambre verte et je m'endormis comme un nouveau-né, appesanti par cinquante et une années, les yeux bouffis et l'idée d'en terminer avec cette foutue vie.

Trois semaines sans nouvelles de Chinois. Trois semaines sans bruits étranges dans la cave près du caveau à légumes. Trois semaines sans entendre parler de madame Chang. Même Belzile ne discutait plus, appuyé au comptoir de chêne en suçotant un bâton fort et en hurlant contre l'establishment. Même Louise se tenait à l'écart. Je me sentais devenir misérable. Père ne m'avait pas apporté mes caleçons molletonnés ni ma boîte de capotes.

On aurait dit qu'ils s'étaient tous passé le mot pour me faire chier. Je téléphonai à mon psychiatre afin de devancer la date de mon prochain rendez-vous et j'entendis: «Je vous prie de noter que le docteur Jérôme Lavergne est actuellement en vacances. Je serai de retour le 8 août prochain. Pour une urgence, veuillez vous rendre à l'hôpital le plus proche.»

Je sais bien que les médecins ont aussi besoin de vacances. Mais les psychiatres devraient s'en abstenir parce que les patients, eux, ne règlent pas leurs psychoses comme un voyage en République Dominicaine. Si l'on peut montrer son cul à n'importe quel chirurgien pourvu qu'il le soulage, il n'en va pas de même avec les idées noires. Dès qu'on s'est confié à un psychiatre, personne ne peut le remplacer parce qu'il y a, entre lui et son patient, un lourd secret que personne ne doit connaître. Une intimité si liante que personne ne peut intervenir à la place d'un psychiatre en vacances. Ou alors il faut tout recommencer.

Depuis trois semaines, madame Chang n'avait pas donné signe de vie. Je me foutais maintenant des traites bancaires et de sa grosse fille, je n'arrivais plus à écrire. Dès que je quittais la rue Melrose, je me mettais à voir Chinois partout. Je sentais sa présence épicée, alors qu'il ne m'était pas apparu une seule maudite fois au tournant sombre d'un building. Je croyais l'apercevoir alors qu'il ne se mêlait jamais à la clientèle de chez Van Houtte, où il m'était déjà arrivé de le surprendre.

J'étais désespéré. Je m'étais habitué à leur présence à tous et voilà qu'ils m'avaient abandonné.

Trois semaines sans ajouter une seule ligne au commissaire Sébastien, c'était souffrant en diable! Mon éditeur avait parlé du début octobre comme date de remise de mon manuscrit.

Je devenais terriblement angoissé, et il ne faut surtout pas compter sur un éditeur pour saisir cet état d'âme chez un écrivain.

J'avais pris l'habitude de me fier à madame Chang pour donner de l'entrain à mon roman policier et à Chinois pour ajouter à l'intrigue! Non que je n'aie pas eu assez d'imagination, mais ça me satisfaisait grandement de coller au commissaire Sébastien toutes les aventures qui m'arrivaient à moi-même. Des didascalies par personnes interposées me permettaient de faire jouer mon commissaire de police sur la grande scène d'une réalité qui était la mienne. Jérôme aurait applaudi. «Tu es chanceux, toi, d'avoir le talent de l'écriture, Sylvain. C'est une excellente soupape!»

Jérôme n'aurait rien compris. Mes héros s'étaient tus. Je serais obligé de continuer tout seul.

Tandis qu'il buvait un scotch en compagnie de deux policiers au pub de la rue Saint-Paul, Marcel Sébastien ne pouvait pas se douter de ce qui l'attendait à l'appartement. Madame Lanctôt, la concierge, finissait d'essuyer le parquet. D'un mouvement sec du pied, elle expédia le seau du côté du cagibi d'entretien. Elle attrapa le torchon humide et entreprit d'éclaircir l'inox des boîtes aux lettres et celui des deux grands casiers servant à la réception des colis. En y regardant de plus près, madame Lanctôt étouffa un cri d'horreur. Le casier A dégoulinait d'une substance carmin. La concierge y mit l'index et le porta à ses narines qui reconnurent l'odeur âcre et ferreuse. Nul doute, il s'agissait de sang. Elle ne savait trop que faire. Elle aperçut le commissaire de police, «un bien bon locataire, veuf le pauvre», qui ouvrait la porte d'entrée.

— Monsieur le commissaire! Venez voir ça! Il y a du sang dans ce casier! Attendez, je trouve la clé...

Madame Lanctôt tremblait comme une gelée de fruits en trifouillant autour de son trousseau de clés. Elle tendit la clé du casier A au commissaire qui commença dès lors à craindre que le colis ne lui fut destiné.

En effet, l'adresse sur le colis était la sienne. Ne laissant rien paraître, il s'empara de la boîte tout en reconnaissant l'écriture. Il lança:

— C'est l'affaire de la police, madame Lanctôt. Rentrez chez vous, je m'en occupe.

La concierge aurait bien voulu savoir à qui le paquet était destiné et surtout pourquoi il y avait du sang partout.

— Allez me chercher un sac de plastique, s'il vous plaît!

Madame Lanctôt se précipita à la conciergerie en se retournant comme la femme de Loth. Lorsqu'elle eut regagné son logis, Sébastien en profita pour arracher l'étiquette blanche qui portait son nom et son adresse et ouvrit précautionneusement la boîte de carton ondulé. Il ne mit qu'un instant pour reconnaître une main de femme, il en était certain, qui avait été tranchée au niveau du bracelet de montre. Il fut saisi de nausées indescriptibles. Il referma rapidement la boîte, juste avant que la concierge revienne avec le sac de plastique.

— Et alors, et alors? piaillait-elle comme une poule.

— Merci, je m'occupe de tout. En attendant, madame Lanctôt, pas un mot! Sinon, ils pourraient s'en prendre à vous!

— Promis, promis!

Sébastien disparut dans l'ascenseur la main sous le bras (c'est le moins qu'on puisse dire!).

Chapitre 11

Il y avait maintenant un mois que madame Chang ne m'avait donné signe de vie. Un mois que je n'avais pas vu Chinois dans mon sillon. J'étais au bord de la dépression.

Ce matin de septembre, avant même d'ouvrir la boutique, je décidai de me mettre à leur recherche. Je commençai par le quartier chinois en arpentant la rue de La Gauchetière. Vous n'avez pas idée ce qu'un Chinois peut ressembler à un autre Chinois! Reconnaîtrais-je le mien dans cette mer de regards bridés?

Le Chinatown. De petites venelles pavées, des devantures de restaurants au-dessus desquels s'entassent des milliers de locataires asiatiques dans des logements insoupçonnés. Des vitrines bigarrées où clignotent des néons de signes chinois. Des épiceries à la propreté douteuse, des pharmacies qui offrent une panoplie de médicaments aux appellations bizarres.

Père n'aurait jamais voulu entrer là-dedans! Il aurait eu peur de se voir offrir des poisons à base de testicules de tigre. Parce que les pharmaciens chinois sont friands de couilles séchées pour se donner du courage! Ça fait partie de leur religion de bonnes femmes, prétend Père.

Je devenais fou. Je devais les retrouver. Je courais d'est en ouest dès que je croyais avoir reconnu Chinois. Je toussotais jusqu'à ce que se retournent toutes les petites dames en pyjamas de soie que j'imaginais chaque fois être madame Chang. Une fois, j'aperçus une grosse Chinoise. Elle tenait un petit sac (j'ai souvent remarqué de grosses dames avec de bien petits sacs à main, comme si elles portaient toute leur fortune sur elles) et contemplait les canards laqués qui pendaient irrévérencieusement dans une vitrine jaunie. Des canards qui semblaient avoir terminé leur vie de canards dans une mer de pétrole.

La grosse Chinoise devait avoir dans la jeune trentaine, un joli visage, et je lui notai des dents très blanches. Elle portait une robe, blanche elle aussi. Une robe blanche bordée de petits boutons rouges sur toute sa longueur. Je m'approchai d'elle en fixant moi aussi ces affreux volatiles qui dansaient le cancan français à travers un escadron de mouches. Elle me sourit. Je m'informai timidement:

— Pye?

Elle me sourit et me montra le commerce d'en face.

— Pardon? *Excuse me*? marmonnai-je.

Elle m'entraîna dans l'épicerie à deux pas et me montra avec fierté toute une étagère de tartes aux fruits. *Pies*. Quelle tarte j'étais, en effet.

La dame s'éloigna en souriant toujours. Je changeai de cap. Il était 9 h 10. Je hélai un taxi. Je m'installai à l'arrière et indiquai au chauffeur que je me rendais à l'angle des rues Saint-Denis et Mont-Royal. Je vis dans le rétroviseur un regard que je connaissais. Un grand frisson me secoua. C'était Chinois. J'étais certain que c'était lui. J'examinai la petite photo d'identité fixée au-dessus de la fenêtre. Je ne pouvais rien lire sans mes lunettes. Elles étaient dans mon havresac.

— Vous êtes dans les affaires? demanda-t-il.

— Oui, en quelque sorte.

— Banquier?

— Confiseur, répondis-je sèchement, puisque j'étais sûr qu'il savait tout ça.

— C'est quoi conf…?

— Je vends des bonbons.

— Des bonbons, oui.

Je ne savais pas quoi dire. Je ne connaissais pas son nom et même si je lui jurais qu'il m'avait suivi, il pouvait toujours simuler l'innocence. De sa part, aucun mouvement de reconnaissance, aucun sourire entendu. Il ne cherchait même pas, comme le font les autres chauffeurs de taxi, à saisir mon visage dans son rétroviseur. Nous longions la rue Saint-Denis, qui ressemblait à un essaim d'abeilles. Chinois répondait de temps à autre à la répartitrice. Une voix râpeuse de fumeuse, comme celle de ma mère. Je regardais par la fenêtre. À deux coins de rue de ma boutique, je reconnus madame Chang. C'était bien elle. Le dos légèrement cambré et ses petites jambes qui la faisaient marcher trop vite. Je m'affolai.

— Je descends ici! ordonnai-je à mon chauffeur.

— Ce sera 5,37 $.

Je réglai et plongeai dans la rue Saint-Denis comme dans une vague mousseuse. Madame Chang n'était plus là. Je me dirigeai vers la librairie devant laquelle je l'avais aperçue. Elle était là, au milieu des étagères fourbues, entre deux jeunes gens qui semblaient se connaître. Je m'avançais vers elle en souriant pour ne pas l'effrayer, certain qu'elle serait contente de me revoir. Je vous jure que, lorsqu'elle m'a vu, elle s'est tout de suite esquivée. Quand je passai la tête dans l'embrasure, madame Chang s'était fondue dans le flot des amateurs de terrasses bigarrées.

Je courus vers la confiserie Les friandises de dame Gertrude. Belzile était déjà là, adossé à la vitrine, plus dans le cirage qu'un cordonnier. J'ouvris la porte, installai l'affiche *ouvert/open*, et faillis m'évanouir. Les palpitations cardiaques, le courant de chaleur, les tempes qui claquaient et tout! Il y avait là, sur le plancher de la confiserie, un petit chat gris d'environ deux mois, une petite chatte, en fait. Une petite chatte grise en tous points semblable à Timine. Elle avait le même regard qui me troubla réellement. Elle portait sa queue rapointie en point d'interrogation comme celle de Timine.

— Ti... Timine?

La petite chatte arqua le dos et vient se frotter contre mes jambes.

— Comment es-tu venue ici, toi?

Pour toute réponse, elle poussa un long miaulement en se dirigeant vers l'arrière-boutique. Je la suivis sans me rendre compte que Belzile attendait sa ration quotidienne de bâtons forts. Pauvre Belzile! Depuis quelques semaines, il était tellement givré que j'aurais bien pu lui refiler des gelées aux fruits qu'il n'aurait pas vu la différence.

Je revins le servir. Il attrapa son petit sac doré en marmottant. Puis, je rejoignis Timine numéro deux dans le *back-store*. Sur la petite table où d'habitude étaient posées ma théière et ma boîte de tisanes, on avait placé la nourriture à chat et un bol d'eau qui me parut encore fraîche.

J'attrapai la chatte et la serrai contre mon visage. Immédiatement, elle se mit à ronronner. Je la grattai entre les deux oreilles là où Timine numéro un aimait que je le fasse. Elle ne portait pas de collier à chat, mais un petit foulard bleu et jaune à motif oriental. Je sursautai. On y avait mis un anneau de métal auquel était attaché un petit tube d'environ quatre pouces (j'ai toujours détesté les centimètres). Je le dévissai et il en sortit un papier roulé sur lequel je pus lire: «Petit bisouquet, je suis revenue près de toi.»

Je tombai assis sur le premier siège venu. Mon cœur me faisait horriblement mal. Seule ma mère m'appelait ainsi. Elle m'appelait son petit bisouquet. C'était une appellation gentille qu'elle utilisait quand elle avait bu un peu plus d'un scotch. Elle exhalait le «petit bisouquet» en même temps que la fumée de sa cigarette directement sur mon visage. Et j'aimais bien, m'étais-je rappelé une fois qu'elle fut morte de la cigarette.

Je n'avais plus assez d'air pour respirer. Les murs se rétrécissaient comme une voie ferrée qui file vers l'horizon.

Je voulus téléphoner à Louise, mais je n'arrivais pas à me rappeler le numéro. J'appelai Jérôme. On se souvient toujours du numéro de téléphone de son psychiatre (il en va de sa vie). La secrétaire m'invita à venir tout de suite. Comme je m'apprêtais à fermer, trois clients entrèrent. Un vieillard et deux dames plus jeunes.

— Quel joli chat vous avez là! dit l'homme. C'est drôle, il a le regard de Barbra Streisand. Peut-être a-t-il le nez un peu large, on dirait qu'il a les yeux croches. Il est gentil.

— Elle s'appelle Timinedeux. Je ferme dans cinq minutes. Qu'est-ce que je peux vous servir?

— Des paparmanes. Vous avez des paparmanes blanches? demanda la dame en violet.

— Non, vous aurez ça au dépanneur d'à côté. Ici, c'est une confiserie, rétorquai-je sèchement.

Je déteste aussi les paparmanes. Ce sont les friandises préférées des vieilles personnes qui sont restées accros à la crise économique qui a suivi la Seconde Guerre mondiale alors que les pauvres gens suçaient des paparmanes en écoutant la radio.

Grand-père Dupont cachait les siennes dans une tabatière en bois rouge, et bien chanceux était celui qui s'en voyait offrir. Je ne vendais pas ces bonbons bas de gamme à la confiserie. Mes clients restèrent penauds. Je fis un petit effort tout de même.

— J'ai des *toffees* anglais, des nougats, des pralines, des gelées de vin importées, des croquants aux noix d'acajou…

— Non, merci! Papa ne mange que des paparmanes!

Et ils quittèrent ma boutique en maugréant. Dès qu'ils furent hors de ma vue, je criai: «Des caleçons Stanfield avec ça? Maudit vieux sans dessein! On se fend le cul en quatre pour éduquer ça avec des importations, ça veut des maudites paparmanes! Des maudites paparmanes!»

Je pris Timinedeux sous mon bras, hélai un taxi et me rendis chez mon psychiatre. Ma petite chatte sur les genoux, je me mis à raconter mes trois dernières semaines à Jérôme. À un moment donné, je crus distinguer un certain scepticisme sur le visage de mon thérapeute. Le même que je rencontrais sur la figure de Père lorsque je lui racontais qu'une voix me parlait. Père ne me croyait pas. Il a demandé à un psychiatre d'examiner ma tête. Ce docteur Habani ne m'a pas cru, lui non plus. Puis, je me suis décidé à en parler à Louise. Vous savez ce qu'elle m'a répondu?

«Mon Sylvain-tout-doux, toute notre société existe parce que des gens ont entendu des voix et y ont cru. D'abord Abraham, tu te souviens? Tue ton fils, que lui disait la voix. Puis Moïse qui, lui, a entendu la voix lui dire: Tu ne tueras point. Puis Marie, la mère du Christ, la voix lui a même fait un bébé, figure-toi! Même Jésus a entendu des voix sur le Golgotha. Et Jeanne d'Arc? Elle n'a pas entendu des voix, Jeanne d'Arc? On a même décrété que c'était une sainte femme, pas une malade mentale! Allons, tu leur diras à tes voix que ton amie Louise aime beaucoup les discussions, elle aussi.»

Voilà ce qu'elle m'a dit, mon amie Louise. Je l'aimais comme un fou parce qu'elle avait une explication pour tout. Même pour la folie.

Lorsque j'ai raconté tout ce qui m'arrivait à mon psychiatre, le docteur Habani a griffonné quelque chose sur un papier qui portait son nom et me l'a remis: «Une avant chaque repas et deux avant de dormir.»

Donc, comme je le disais, je me mis à raconter mes trois dernières semaines à Jérôme. Il m'écouta comme d'habitude et me conseilla d'appeler la police si j'avais peur. Je lui jurai que je n'avais pas peur. Au contraire, je voulais retrouver madame Chang, Chinois et pouvoir aimer Louise comme je le méritais.

Chapitre 12

Ce soir-là, je n'arrivais pas à dormir. Un nouveau bruit venait de s'ajouter à ceux, plus familiers, de la maison. Timinedeux, qui avait très vite pris possession les lieux, déplissa lentement les paupières et bougea les oreilles. Elle avait décidé de se coucher là, sur le deuxième oreiller qui n'avait jamais servi à quiconque. Ainsi, j'avais l'impression que ma mère veillait sur mon sommeil. Qui ne venait justement pas!

Des sons sourds comme des coups de piolet sur le roc m'agaçaient. J'avais peur d'aller voir à la cave. J'avais même très peur d'y découvrir l'intrus, quel qu'il pût être. Je touchai mon front, il était moite et fiévreux.

Petit gars, ma mère me faisait boire du bouillon de poule lorsque je faisais de la température. Du bouillon de poule et des biscuits soda. Ce traitement est devenu, ainsi extirpé de ma jeune enfance, une grande récompense dans ma vie d'adulte. Le bouillon de poule m'est toujours un élixir et je ne bouffe des biscuits soda que lorsque j'ai besoin de réconfort. Comme d'autres s'offrent un Château Pétrus ou du foie de canard poêlé chaque fois qu'ils se sentent moches. Jérôme dit que c'est à cause de mon enfance si je préfère le bouillon de poule au Château Pétrus. Rien à voir, selon lui, avec la culture ou le fric!

J'enfilai mon peignoir bleu et je me précipitai à la salle de bains. J'observai un moment ma figure dans le miroir. Mes yeux étaient profondément cernés et mes joues, passées de convexes à concaves en très peu de temps. Mon menton s'était allongé et mes oreilles paraissaient plus étirées, comme celles de Belzile. Je fis couler l'eau froide et m'aspergeai généreusement la figure. Une vraie pub d'Ivory!

Encore un bruit dans la cave. Cette fois, je sursautai. Aux craquements sourds venait de s'ajouter le pire des éléments d'horreur dans la circonstance: une voix humaine. Une modulation aiguë entrecoupée de silences secs. C'était comme lorsqu'on entend la radio du voisin à travers le mur. Ligne ouverte.

Je courus au salon et m'armai du tisonnier. Puis, je téléphonai de nouveau à Louise en implorant ma mère que ma copine réponde. J'eus encore affaire à son répondeur. Père était absent lui aussi. Les gens absents en plein milieu de la nuit, ça me fait peur. Ils sont en voyage ou ils sont morts.

Je m'habillai et, toujours le tisonnier en main, je sortis dans le jardin. Je fis le tour des fenêtres de la cave. S'il y avait eu quelqu'un, il aurait eu tôt fait de déguerpir. Enfin, c'est ce que je croyais. Je me souvins que l'une des fenêtres était placardée de l'intérieur. Je me dirigeai vers celle du côté ouest et m'approchai. Ce que je vis me parut incroyable. La lumière du caveau à légumes éclairait chichement l'ensemble de la pièce et je distinguai clairement des dizaines de photos représentant une Chinoise rubiconde dont le sourire exprimait tout de même une certaine timidité. Les photos étaient fixées par des pinces de bois à la corde à linge que m'avait installée mon paternel pour «économiser la chesseuse»!

Je frappai trois petits coups secs dans la vitre. Rien ni personne. Je me rendis à la fenêtre suivante, me recroquevillai dans le maquis formé par une douzaine d'hémérocalles qui rendaient leur âme à l'automne. Cette fois, pas de doute, s'il y avait eu quelqu'un là-dedans, je l'aurais tout de suite repéré. À moins qu'il ne fût enfermé dans la petite toilette. J'attendis longtemps, peut-être une demi-heure. Assez pour réfléchir.

L'absence de Louise m'inquiétait. Nous ne nous étions pas brouillés pourtant. Mis à part qu'elle s'était insurgée contre ma décision de me marier avec Pye, elle n'avait aucune raison pour disparaître ainsi de mon existence. Elle avait parlé d'un voyage à Port-au-Prince pour les éditions, ce qui, en y songeant bien, me fit rire, juste là, accroupi dans un bosquet d'hémérocalles, admirant une exposition de portraits dans ma propre cave. Voilà où j'en étais.

Il était 4 heures du matin. J'entrai. En passant devant la porte de la cave, je m'assurai de nouveau que la porte était verrouillée, puis je montai rapatrier quelques objets personnels. Je n'allais pas demeurer une minute de plus dans cette maison. Je pris la litière de Timinedeux, le sac de nourriture et aussi ma boîte de disquettes. J'entrepris ensuite de faire une copie de mon dernier «commissaire Sébastien». En frôlant la souris, j'eus la peur de ma vie! L'écran s'illumina. Il était en état de veille, même si j'étais persuadé que je l'avais éteint avant de me mettre au lit. Sur l'écran, je pus lire avec horreur cette scène de mon roman dans laquelle le commissaire aperçoit cette main ensanglantée qu'il a reçue par la poste. Je fis défiler le texte jusqu'à la fin. La dernière phrase se lisait ainsi:

Sébastien disparut dans l'ascenseur, la main sous le bras (c'est le moins qu'on puisse dire!).

Je m'approchai cependant de l'écran et, par habitude, je le nettoyai du plat de la main. Quelqu'un avait ajouté en capitales:

Votre cruauté me crève le cœur. Jamais je n'aurais cru que vous en demanderiez autant à une mère.

Je lus et relus dix fois plutôt qu'une. Et tout s'éclaircit. J'étais maintenant certain qu'il s'agissait de madame Chang. Ma vieille Chinoise entrait chez moi, m'offrait des savonnettes et des milliers de dollars. Je me sentais comme une borne dont le karma consiste toujours à être dépassée! Et en même temps, ma peur s'estompa net! Madame Chang était une vieille dame à la recherche d'excitations. Son idée de me voir épouser sa grosse fille était sans doute le fantasme d'un utérus asséché. Non, j'atténue. Madame Chang me plaisait bien et j'acceptai de discuter affaires matrimoniales avec elle.

Je m'assis devant mon ordinateur et écrivis:

Où puis-je vous trouver? L'inconnu est parfois plus exaltant que la solitude.

Il était presque 6 heures. Je déjeunerais chez Tim Horton et me rendrais ensuite à la boutique. J'avais négligé la confiserie ces derniers mois. J'avais négligé Belzile et mon psychiatre. J'avais négligé la vie.

Chapitre 13

Il se passa ensuite des jours durant lesquels je n'entendis parler ni de madame Chang ni de Louise. Père se préparait à partir pour Paris avec sa nouvelle conquête, une dame âgée de soixante-huit ans! Quand même, j'ai toujours préféré que Père soit amoureux, même si c'étaient des douzaines de fois successives, car alors il ne me reprochait pas de le laisser tout seul.

— Tu auras peut-être une surprise quand tu reviendras, laissai-je glisser.

— C'est bien, mon gars. C'est bien. Je t'en rapporterai une aussi de chez les Français!

Père était ainsi. Il n'allait jamais en visite à plus de cinquante kilomètres de Montréal sans me rapporter un souvenir, une babiole, un ensemble salière-poivrière ou un caleçon molletonné offrant ses arrières au drapeau du pays. Je ris rien que d'y penser.

Après des jours sans nouvelles, j'aimerais qu'il me demande «comment ça va, mon gars», mais Père ne connaît rien aux préliminaires. Direct au but. Après un mois sans nouvelles, il peut aussi bien me demander si je sais que les papiers mouchoirs sont à 0,59 $ au Tigre Géant.

Je n'allais certes pas lui parler de mon casse-tête chinois s'il avait d'autres préoccupations. Je lui souhaitai bon voyage. Nous nous quittâmes jusqu'au prochain grand solde. Bien fait, vite fait.

Je me sentais si seul. Tellement seul que regarder les murs devenait une activité divertissante. Je parlais à Timine-deux comme à une bonne amie. À la boutique, les clients se succédaient, réclamant qui des pralines, qui des pastilles au beurre. Et Belzile continuait à venir, tous les matins, agoniser toujours un peu plus sur le parvis de la confiserie. J'allais lui porter ses bâtons forts sur le bord du trottoir. Sa bouche était constamment entrouverte, édentée, ses mains constamment tendues et ses yeux réclamaient un peu plus de temps. Je ne savais pas pourquoi il s'accrochait ainsi à la rue Saint-Denis, aux gens qui ne le voyaient même plus. Belzile était devenu, à la longue, un morceau d'asphalte usé. Un lampadaire. Une crotte de chien déposée au pied d'un arbre rabougri.

Je revenais chez moi sans conviction. Et je repartais le lendemain matin dans le même esprit. Parce que les soirs passaient sans message de madame Chang.

Un samedi matin d'automne, alors que je faisais ma toilette, Timinedeux se mit à miauler. Je mis le nez à la fenêtre. Rien qui puisse inquiéter une petite chatte à moitié endormie. J'allai voir à l'ordinateur et posai les yeux sur l'écran que je laissais allumé, vous comprenez. J'y aperçus deux lignes fraîchement écrites à la suite de mon roman. Ma première réaction, bêtement, fut de regarder dans toutes les pièces de la maison pour y débusquer l'auteure de ces lignes. J'étais convaincu que je la verrais, bien calée dans le fauteuil de rotin ou debout, là, près de la fenêtre. Je devenais fou ! Les battements de mon cœur secouaient mon système circulatoire au grand complet. Je ne savais pas si c'était de la terreur ou de l'excitation, mais je savais que Louise, à cet instant précis, m'aurait suggéré de me rendre illico au poste de police le plus proche. Pour leur raconter quoi? Que des phrases bizarres apparaissaient toutes seules sur l'écran de mon ordinateur? Leur raconter qu'un soir j'ai aperçu, par les fenêtres de la cave, des photos de Pye accrochées à la corde à linge et qu'elles avaient ensuite disparu? Leur dire que des savonnettes surgissaient de nulle part? Des mecs qui racontent de pareilles visions sont immédiatement confiés à la médecine psychiatrique. Et moi qui avais entrepris l'inventaire annuel de mon commerce, je n'avais pas de temps pour ces séjours dans un mauvais hôtel de Cartierville avec des touristes psychopathes. Pas de temps pour ça. Pas encore.

Je revins, tremblant, m'asseoir devant mon ordinateur. Et je lus enfin le message de la vieille Chinoise.

Il est malheureusement trop tard, Sylvain. Vous l'aurez voulu!

J'avais les yeux fixes comme des œufs durs. Je ne pouvais pas quitter les mots qui éclataient dans la luminosité de l'écran. La main paralysée sur la souris, il me semble aussi que j'avais arrêté de respirer.

Il était trop tard, avait écrit ma correspondante. Que voulait-elle dire? Que Pye et elle ne voulaient plus de moi?

Une autre signification trottait en toile de fond. Une vérité plus cruelle que la fiction contenue dans mon roman. Une réalité si affreuse que je me mis à regretter d'avoir parlé de la main sanguinolente que le commissaire Sébastien avait reçue par le courrier.

Depuis le début de cette aventure, j'attendais que se déroulent les événements avant de les inclure dans mon roman: l'Asiatique qui suivait Sébastien, l'empoisonnement de Timine (que j'avais un peu exagéré pour les besoins de la cause), les bruits près du caveau à légumes. Bon, je me servais de ce qui m'arrivait pour enrichir mon récit et l'offrir ensuite à mes lecteurs.

Puis, après un trop long silence de la part de mes tortionnaires, j'ai dû précéder leurs actes. J'ai pris les devants et inventé cette histoire atroce de la main coupée au bracelet de montre. Je l'avais *inventée*! Et madame Chang avait cru y déceler un message la concernant. «Il est trop tard», avais-je lu. Trop tard. Elle allait peut-être m'expédier la main de sa fille…

Je tremblais comme Timinedeux lorsqu'elle attrape la pluie. Je devais faire quelque chose. Il était temps que je parte ouvrir la boutique. Voir du monde, surtout des amateurs de friandises, allait me distraire. Ma vie était devenue si embourbée.

Je me souvins que, immobile au bord de la fosse qui allait engloutir le cercueil de ma mère, j'avais murmuré presque pour moi-même «je t'aime, maman» et tante Paulette avait immédiatement répliqué «il est trop tard, mon Sylvain». J'avais alors ressenti ma première douleur au thorax. La mort de ma mère n'avait pas trop chamboulé ma vie de petit gars jusqu'à ce «il est trop tard» de tante Paulette. D'un seul coup, j'avais compris l'inexorable. Et pour un enfant de neuf ans, comprendre à la fois l'inexorable et l'éternité, ça le fait vieillir de vingt ans! Trop tard signifiait plus jamais. Trop tard voulait dire que, quoi que je fasse, ma mère n'était désormais qu'un concept, une idée, un souvenir. Un souvenir qui s'estompait jusqu'à ne plus me rappeler son visage. Les yeux fermés, je n'arrivais plus à préciser les yeux de ma mère. Il était trop tard.

Les jours qui suivirent, je réfléchis à la suite des événements sans presque m'assoupir. À 17 h 30, après la fermeture, je me rendais au bureau de Jérôme. Mon psychiatre était très attentif, les mains croisées, le regard posé au-dessus de ses lunettes, les bâillements réprimés, il écoutait comme on doit écouter lorsqu'on est payé pour le faire. Mais je commençais à douter que mes histoires le touchassent vraiment. De temps à autre, mon thérapeute glissait «je te comprends,

Sylvain», mais je crois qu'il ne me comprenait pas tout à fait. Sinon, il aurait posé des tas de questions au sujet des photos, de madame Chang, des messages sur l'écran. Jérôme m'écoutait lui raconter des faits plutôt incohérents, et tout ce qu'il trouvait à dire était:«je te comprends, Sylvain». Platement. Et quand un docteur en psychiatrie ne bronche pas quand vous lui racontez des histoires aussi invraisemblables, c'est qu'il ne vous croit pas une miette! Ça, j'en étais sûr! Et je n'allais pas me laisser traiter ainsi.

— Vous croyez à toutes mes histoires? lui demandai-je soudainement.

Jérôme se cala dans son fauteuil, visiblement intrigué par ma question. Et très mal à l'aise.

— Bien sûr.

— Vous croyez que quelqu'un entre chez moi pour suspendre des photos sur la corde à linge?

— Pourquoi pas, puisque c'est toi qui me le dis.

— Vous croyez que quelqu'un est entré dans ma boutique et y a déposé une petite chatte grise après avoir assassiné Timine? Que Louise a disparu sans laisser d'adresse? Qu'une femme de ménage fantôme place des savonnettes orientales dans ma douche?

— Ouais...

Je me levai et me mis à rigoler sans aucune retenue.

— Je t'emmerde, docteur! (Je le tutoyai pour la première fois.) Oui, je t'emmerde! Ça fait des années que je me traîne à ton cabinet pour te déballer mes états d'âme, pour t'entretenir de petites choses sans importance, comme mon père, ma copine Louise, Belzile qui est devenu mon seul ami à cause de ses foutus bâtons forts. Et chaque fois, tu t'es intéressé, tu t'es apitoyé. Tu m'as posé plein de questions au sujet de Timinedeux. Tu aimes les chats, m'as-tu dit, et t'as rigolé quand je t'ai raconté qu'elle attrapait les mouches d'un seul coup de mâchoire! On a même parlé du commissaire Sébastien. Tu t'intéressais à mes livres. Et… et… je t'apportais des pastilles au beurre et des chocolats au café, tes préférés. Avec toi, je ne me sentais pas comme un patient, Jérôme. Nous nous sommes respectivement plongés dans notre intimité à chacun. On était des copains. Jusqu'à ce que ma vie soit chamboulée par ces maudits Chinois! Jusqu'à ce que tu te mettes à me croire complètement fou.

— Sylvain, je ne te trouve pas fou, voyons!

— Qu'est-ce qu'on dit à un petit vieux qui raconte que son fils est parti à la Deuxième Guerre mondiale? On lui tapote la main et on lui dit: «Bien oui, pépé. Vous inquiétez pas, il va revenir la semaine prochaine.» Et qu'est-ce qu'on dit à un petit gars qui a vu un gros éléphant carreauté dans le placard de sa chambre? On lui dit: «Bien oui, mon trésor, viens, on va lui offrir des cacahuètes et il va s'en aller voir sa maman.» On les écoute et, au fond, on se dit «les pauvres fous» et on a pitié d'eux. Pas vrai, docteur?

— Peut-être, Sylvain.

— C'est pareil pour moi. Tu m'as écouté raconter mes histoires et tu m'as dit «je te comprends, Sylvain». La vérité, c'est que tu es certain que je suis fou et t'as de la pitié pour moi. Avoue-le!

— Pas de la pitié.

— Vous autres, les psys, vous êtes payés pour écouter gémir les pauvres types comme moi. Quand on vous demande votre avis, vous nous répondez par une question, pour nous laisser l'impression qu'on a nous-mêmes trouvé la réponse. Et si on la trouve pas, vous nous foutez une ordonnance de Risperdal. Toi et moi, on a passé trois mois à jaser des caleçons molletonnés de Père. Trois mois, tu parles!

— C'étaient pas les caleçons qui étaient importants, mais les motifs... enfin, les raisons!

— Reste que, tant que tu as eu l'impression de soigner un paumé qui avait des trucs conflictuels avec son père comme 90 % de tes patients, allez hop! On a passé trois mois, mon vieux, trois mois à évacuer les slips Stanfield de l'après-guerre! Mais dès que le discours est devenu hallucinant et que les Chinois ont commencé leur saloperie de harcèlement, t'as cessé de questionner, de fouiller. Tu t'es dit: «Oh là là, Sylvain, il a de la bouillie dans la tête.»

— Arrête, voyons!

— Tu vois, avant, à chaque séance, tu devais m'arracher les paroles qui étaient bloquées au fond de ma gorge. Tu viens de me dire «arrête, voyons!» Tu te rends compte combien les choses ont changé?

— Elles ont évolué, Sylvain. C'est pas pareil. Tu... tu... es sévère, je trouve.

— Sévère? Jérôme, quand il s'agit de la tête, on ne l'est jamais assez.

Mes dix doigts s'emmêlèrent comme lorsqu'on se met à prier, mais avec une telle ferveur que je les entendis craquer comme des bouts de bois sec. Jérôme ressemblait à un étudiant qui vient d'être recalé aux examens. Il y avait une telle tristesse dans ses yeux et son corps démontrait une telle lassitude que je l'invitai à prendre ma place sur le canapé. Il rit. Cela allégea l'atmosphère entre nous. Je me sentais si bien. Je songeai au commissaire Sébastien à qui j'avais fait dire: «Les psys sont des trouillards, au fond.»

— Je dois te quitter, docteur. Il est 18 h 30.

— Tu reviendras?

— Pas sûr!

J'étais libéré d'un poids énorme. J'aurais très bien pu me mettre à danser, là, sur le parquet de la clinique, et ça ne m'aurait pas étonné que mon docteur me suive dans ma libération. J'étais guéri après tout, non?

Mais je dois avouer que Jérôme était complètement interloqué. Knock-out! Il ne reconnaissait plus ses machins-trucs cognitivo-comportementaux ni la dignité qui caractérise cette race de fouilleurs de têtes. Je m'étais mis au *tu et à toi*. J'avais parlé à mon psychiatre comme à un ami. En même temps, j'avais réglé le sort de mon père, de Belzile et de Freud!

Wow! Je me sentais comme Nelson Mandela au sortir de sa geôle ou comme Robocop quittant son costume.

Je quittai le cabinet de Jérôme aussi heureux qu'un enfant qu'on emmène au cirque. Le cirque de la vie n'étant pas assez exaltant pour le petit gars de neuf ans que je demeurais.

Juste avant la mort de ma mère. Juste comme elle était allée acheter des frites pour le souper.

Chapitre 14

Dans le taxi, cette fois, je m'installai à l'avant. Le chauffeur, un Haïtien de naissance, étalait ses larges babines sur un assortiment géant de dents très blanches. J'adore les Haïtiens. Ils ont une façon de rêver tout haut qui me les rend très sympathiques. Ils s'imaginent, même les yeux grands ouverts, tantôt ministres, tantôt docteurs en quelque chose. Et ils arrivent à y croire plus souvent qu'autrement. C'est ainsi dans un pays où l'on a toujours été empêché de dire la vérité.

Mon chauffeur s'appelait Jean-Chrétien (bizarre tout de même). Il usait de la «Vierge Ma'ie» avec un certain brin de malice. Il avait conduit le maire de Montréal jusque chez lui, il connaissait l'épouse du premier ministre pour l'avoir menée chez le coiffeur et Céline Dion avait déjà chanté à l'arrière de sa voiture. Je faillis lui demander ce que ça lui faisait de conduire un écrivain qui avait écrit douze romans, mais je m'abstins pour ne pas le rendre mal à l'aise.

Jean-Chrétien riait par petites secousses et, emmêlé dans les radicelles de la métropole, il finit par atterrir rue Melrose. La course venait de me coûter 5 $ de plus que d'habitude. Je venais de faire ma part pour venir en aide à ce type en voie de développement.

Comme je refermais la portière, je reconnus madame Landry qui accourait vers moi, les bras devant, comme lorsqu'on se prépare à embrasser un membre de la famille. En face de chez moi, une voiture patrouille de la police.

— Mon doux, monsieur Dupont! J'y suis pour rien, vous savez! Les autres fois, j'avais pris soin de tous vos colis quand vous n'y étiez pas. Mais, cette fois-ci, c'était trop… épouvantable! Mon mari a téléphoné à la police. J'espère que vous ne nous en voudrez pas trop… monsieur Dupont?

Je n'écoutais plus madame Landry. Je marchais vers la maison comme lorsqu'on arrive chez soi juste après un incendie ou une explosion. Deux jeunes policières me sourirent avec délicatesse, mais gardèrent le silence tout en dirigeant leur regard vers un gros constable flanqué d'un petit agent tout sec. On aurait dit Laurel et Hardy. Le gros policier portait une immense moustache posée sous son nez de brugnon, comme une botte de foin. On ne voyait pas ses lèvres s'agiter lorsqu'il parlait à ses hommes. Je m'approchai.

— Je m'appelle Sylvain Dupont. Que se passe-t-il?

— Commissaire Pouliot, fit-il en me secouant la main. Vous avez reçu un bien drôle de paquet, monsieur Dupont. Un colis suspect.

— Comment pouvez-vous le savoir?

— Savoir quoi?

— Qu'il est suspect. C'est pas écrit dessus.

— À cause de son aspect extérieur.

— Qu'est-ce qu'il a?

— Il est plein de sang... humain.

Il me tendit alors un sac de plastique dans lequel marinait une masse sanguinolente. Je l'examinai. C'était un cœur avec ses ramages de graisse jaune, son aorte et quelques veines bleutées. Un cœur humain, de toute évidence.

— Vous le reconnaissez? me demanda le gros constable qui, visiblement, n'avait pas réfléchi à sa question.

Je me mis à rire comme lorsque mon paternel profère des âneries.

— Je veux dire... euh... vous avez une idée à qui ce cœur pourrait appartenir?

— À quelqu'un de mort, bien sûr.

Pouliot ne la trouva pas drôle. Je sentais que nous étions en train de nous enfoncer dans une scène de vaudeville du plus mauvais goût. L'exercice m'amusait quand même. J'avais l'impression d'être en face du commissaire Sébastien et, même si Pouliot était à des lieues de lui ressembler, ils avaient en commun la même incompétence.

— Avez-vous retrouvé le facteur? demandai-je au policier.

— Quel facteur?

— Celui qui a remis le… colis à madame Landry.

— Ce n'est pas le facteur.

— Eh bé, qui est-ce alors?

Je songeai au facteur qui avait accepté de me livrer personnellement les envois de madame Chang, qu'il disait bien connaître. Il était le fil qui aurait pu me mener jusqu'à elle, enfin.

— Un Chinois.

— Quoi?

— C'est un Chinois qui a déposé le colis suspect sur votre balcon.

— Sur mon…, mais que viennent faire les Landry dans cette histoire?

— Ce n'est pas eux qui ont pris votre paquet.

— Eh bé, qui est-ce alors?

— Leur chien.

J'avais tout compris. Bébert, le gros toutou des Landry, avait flairé le sang qui s'échappait du colis et l'avait rapporté jusque chez ses maîtres.

Dans une autre circonstance et devant toute autre personne qu'un inspecteur de police, j'aurais éclaté de rire tellement la situation était loufoque. Mais dès que je repris mes esprits, il ne fit aucun doute que j'étais dans un gros merdier. Le pire était à venir.

— Inspecteur, est-ce que… est-ce qu'il y avait une lettre, un bout de papier, quelque chose d'autre dans la boîte?

— Vous ne vous attendiez pas à recevoir un chèque, quand même?

Je ne répondis rien à cela. C'était mieux pour moi.

J'invitai Pouliot et son squelette armé à entrer chez moi. Timinedeux qui n'aimait pas les uniformes, contrairement aux autres minettes, se transforma en porc-épic. Le policier ne voulut pas s'asseoir. Son échalas, oui. Pouliot me posa des douzaines de questions sur mon métier, sur la confiserie, sur mes fréquentations. Rien de très compromettant. Je ne parlai pas, bien entendu, de Chinois et de madame Chang. D'ailleurs, lorsque je songeai à elle, je me dis qu'elle devait être anéantie par la douleur. Le cœur de sa propre fille, non mais!

— Bien le bonsoir, monsieur Dupont. S'il y a du nouveau, nous vous ferons signe. Nous allons faire analyser la pièce à conviction. Peut-être connaîtrons-nous enfin le pauvre sans cœur!

Pouliot et son anorexique quittèrent la rue Melrose, le cœur sous le bras (c'est le moins qu'on puisse dire!).

Chapitre 15

J'étais terrorisé. Calme, mais terrorisé. Je n'arrivais plus à dormir ni à manger. J'avais demandé à Père de tenir la boutique durant quelques jours. Il s'était amené avec sa vieille nouvelle flamme (celle du voyage à Paris), qui avait toujours rêvé de travailler dans un «magasin de nananes». Elle gloussait devant les chocolats pralinés et les truffes, elle qui était demeurée au stade des *honeymoons*. Elle couinait de bonheur en humant les étalages de bonbons aux fruits.

C'était une petite dame aux cheveux bleus par les colorants, un peu boulotte, avec une si petite bouche qu'on la croyait inachevée. Elle cancanait en se frottant sur mon paternel heureux. Je trouvai qu'elle ressemblait à ma mère, avec ce même air malicieux et la même manie de retaper les plis de sa jupe. Elle m'apparut sympathique, même si je détestai sa façon de prononcer mon prénom. Elle disait «Sylvaooooon» avec un gros accent de la campagne.

Je pus ainsi profiter de toute une semaine pour faire le ménage dans ma vie.

Le premier jour, je me rendis aux Éditions Chiasson et je demandai à voir Louise. La réceptionniste s'adressa au téléphone à une troisième personne avec une voix fielleuse qui m'agaça.

— Il y a un monsieur qui demande à voir Louise.

Au bout de quelques minutes à peine, la porte du bureau qui faisait face à la réception s'entrouvrit. Je reconnus immédiatement Fabiola. La Fabiola que j'aurais dû épouser le 26 juillet. La Fabiola que l'éditeur avait congédiée à la demande de Louise. C'est Louise qui me l'avait raconté. Je n'arrivais plus à me fermer la bouche tant la surprise était grande.

— Tiens, Sylvain Dupont! Le mariage ne vous a pas encore tué?

J'avalai de travers. Fabiola avait lancé cette phrase qui ne voulait rien dire.

— Et vous? Je croyais que vous ne travailliez plus ici? Louise…

— C'est Louise qui nous a quittés. Elle ne vous en a pas parlé?

— Je ne sais plus où elle niche. Elle n'est plus chez elle. Elle ne me téléphone plus. Vous savez où elle est?

Fabiola prit quelques secondes avant de me répondre, comme s'il s'agissait d'un secret d'État. Elle me prit le bras et me poussa dans le bureau qu'elle occupait aux Éditions Chiasson.

— Je ne veux pas que qu'on nous entende.

Elle s'assit sur le coin de son secrétaire après avoir pris soin de tasser une énorme pile de documents. J'étais heureux de ne pas avoir un manuscrit en attente de verdict chez Chiasson. Ce n'est jamais intéressant pour un futur lauréat littéraire d'être ainsi repoussé pour asseoir à sa place une paire de foufounes, même les plus parfumées! Je me mis à rire.

— Pourquoi riez-vous, Sylvain?

— Pour rien. Je suis de merveilleuse humeur ces temps-ci.

— Vous le serez moins quand je vous aurai dit ce qui arrive à Louise.

Je me raidis comme lorsque je jouais à Jean rit et Jean pleure avec la main de ma mère.

— Que se passe-t-il?

— Louise est en Afrique, Sylvain.

— En Afrique? Mais elle déteste la chaleur et les éléphants. C'est impossible! Elle revient quand?

— Elle y est déménagée, pas en voyage. Au Burkina Faso. Elle dirige une maison d'édition. Rien de moins. Une maison qui publie des livres scolaires pour les petits Noirs d'Afrique.

— Je ne comprends pas.

— Louise en avait assez de tous ces pseudo-écrivains qui carburent à la prétention. Elle en a reçu des merdes, vous savez! Elle en a publié des romans dont personne n'a parlé.

Après notre… enfin… notre liaison, Louise a rencontré un type du Burkina Faso. Un ambassadeur ou un colonisateur, je ne sais trop. Il l'a convaincue de le suivre à Ouagadougou en moins de temps qu'il n'en faut pour l'écrire. Pour y fabriquer des manuels scolaires pour les petits Burk…

— Burkinabés, ajoutai-je.

— Ouais… les Burkinabés.

— Je ne comprends pas, insistai-je.

— Un coup de foudre, c'est certain.

— Et moi? laissai-je tomber enfin.

Fabiola se sentit mal à l'aise tout à coup.

— Ouais… en ce qui vous concerne, c'est vraiment inexplicable. Mais ne lui aviez-vous pas dit que vous alliez vous marier avec cette Chinoise? Je me souviens, elle était furieuse.

— Je vous ferai remarquer qu'elle était aussi très furieuse quand vous l'avez quittée. Faudrait qu'elle sache ce qu'elle veut, merde!

— C'est l'Afrique qui a hérité de notre Louise, finalement.

— Dommage! Elle devait acheter les Éditions Levasseur avec moi! J'avais mis l'argent de côté. Je l'aimais. Louise a toujours été au centre de ma vie.

— Il est trop tard, Sylvain.

Je me suis montré alors très impoli. Sans rien ajouter, j'ai tourné les talons et je suis sorti de l'édifice du boulevard de Maisonneuve. Triste à mourir. Je n'écoutais plus Fabiola qui criait «Sylvain revenez!» Il était encore trop tard. Trop tard, comme me l'avait dit tante Paulette. Trop tard pour aimer Louise qui vivait quelque part à Ougadoudou ou dans les parages. Une ville impossible à prononcer de toute façon. Trop tard pour lui avouer que je n'avais toujours aimé qu'elle. Trop tard pour lui dire que j'étais prêt à lui laisser voir mes caleçons molletonnés.

Le deuxième jour, je m'occupai de mon corps. Coiffeur. Masseur. Épicerie. J'arpentai le boulevard Saint-Laurent et pénétrai dans tous les petits commerces, attiré par les effluves épicés, les arômes exotiques ou le sourire d'une jeune vendeuse libanaise, motivé par le désir incroyable de tout recommencer.

Le troisième jour, alors que je rêvais de partir pour l'Afrique, je reçus un appel du commissaire Pouliot qui m'invitait (m'incitait serait plus exact) à le rencontrer à son bureau à 14 heures.

Nous eûmes toute la matinée, Timinedeux et moi, pour nous étirer sous les couvertures, nous frotter les moustaches et nous miauler que nous étions bien ensemble.

Le taxi me déposa devant l'édifice de la police de la CUM à moins dix. Je furetai quelques minutes dans les corridors de l'ordre public. J'y rencontrai des dizaines de jeunes policiers, hommes et femmes confondus, en essayant de me persuader que j'avais peut-être manqué ma vocation. J'admirais ces jeunes gens en uniforme porter leur puissance dans un petit étui de cuir et étaler leur prestance grâce à une chemise empesée, des pantalons repassés et des souliers bien cirés. Rien de plus. Ils n'avaient qu'à apparaître dans la vie d'un quidam tranquille pour que celui-ci obtempère, même s'il n'avait rien à se reprocher. J'aurais bénéficié de cette outrecuidance. J'aurais pu profiter de ma domination sur le commun des mortels. Mais j'aurais laissé la veuve et l'orphelin aux autres. La protection du citoyen n'était pas vraiment mon rayon. C'est ce que Père m'a toujours dit.

Pouliot apparut, dans une cacophonie de sonneries de téléphone et de cris égarés. Il me fit signe de le suivre en pointant la porte avec son menton, sans me saluer comme il se doit. Il semblait très embêté et visiblement dérangé, même si c'était lui qui m'avait demandé de venir.

— Assoyez-vous!

Je m'assis et attendis la suite en me juchant sur les pattes arrière de ma chaise.

— C'est une bizarre d'affaire, votre affaire, me lança-t-il.

— Qu'est-ce qui vous agace, monsieur Pouliot?

— J'ai reçu le rapport de notre laboratoire. Votre cœur, c'est pas un vrai cœur. C'est un cœur de veau, figurez-vous.

Je retombai sur les quatre pattes de ma chaise en souriant.

— De veau? Ah bon!

— Vous avez l'air bien content, on dirait.

— À vrai dire, oui.

— C'est ça qui est grave, monsieur Dupont.

— Grave?

— Si vous êtes soulagé que ce soit un cœur de veau, c'est que vous arriviez à croire que ce pouvait être un cœur humain.

— Comment ça?

— Si vous avez pensé que c'était un cœur humain, c'est que quelqu'un aurait pu vous en poster un. Quelqu'un vous en veut, monsieur Dupont?

— Non, Pouliot! Si vous aviez lu mes romans, vous comprendriez. C'est probablement un de mes lecteurs qui a voulu s'amuser à mes dépens. Un amateur d'escalopes de veau parmigiana sans doute. Merci de vous inquiéter pour moi. Au revoir, monsieur le commissaire. Je vais envoyer une lettre en votre faveur à monsieur le maire.

Un cœur de veau, vraiment! Les Chang avaient un grand sens de l'humour. Ou une certaine gouaillerie. En tout cas, le jeu n'en valait pas la chandelle! Toute cette parade pour un simple cœur de veau! Je n'allais certes pas m'expliquer devant Pouliot. J'étais tout à la fois heureux comme lorsqu'on a échappé à la mort et étranglé de peur comme lorsqu'on comprend ce à quoi on a échappé.

Pouliot n'essaya pas de me retenir. Il avait compris que je n'avais plus rien à lui dire. Vraiment! S'il fallait faire tout un procès chaque fois qu'un grand chien roux découvre un os ou un cœur de veau!

Les quatrième et cinquième journées, je les passai à écrire. J'avais tellement négligé le commissaire Sébastien que je dus relire les cinquante dernières pages pour m'orienter dans mon roman. Ensuite, les mots s'imposèrent comme autant d'évidences. Les verbes brisaient le rythme, les adverbes les accentuaient, les sujets les rendaient passionnants. J'étais fier de moi. Ce roman allait être mon meilleur, je le savais.

Sébastien songea qu'il aurait bien aimé que cette main coupée au bracelet de montre eût été un cœur de veau ou une cervelle de porc. Mais une main était une main et elle ne pouvait appartenir qu'à une jeune personne. Au lieu de l'apporter au laboratoire, le commissaire choisit plutôt de déposer la main dans le congélateur, avec les tournedos et les glaçons. Ainsi, il aurait le temps de réfléchir.

Le sixième jour, à mon réveil, il me vint une drôle d'idée. J'eus envie d'aller à la confiserie, question de voir comment Père et sa nounou se débrouillaient derrière le comptoir de la boutique. Je descendis au coin des rues Saint-Denis et Mont-Royal; il était environ 9 h 45. Au milieu de la horde de piétons, j'aperçus une ambulance, tous feux animés, qui semblait stationnée devant ma confiserie. Je hâtai le pas en étirant le cou pour ne rien manquer de la scène.

La vitre de la porte avait été fracassée, les milliers d'éclats de verre s'étant éparpillés sur le parvis de la boutique. La pancarte *fermé/closed* se balançait encore dans le courant d'air. Un homme gisait par-dessus les morceaux de verre. Il saignait comme un porc de boucherie. En me penchant au-dessus de lui, je reconnus Belzile. Mon Belzile à moi. Les ambulanciers le soulevèrent et le déposèrent sur un grabat qu'ils recouvrirent d'un drap blanc. Un drap bien propre pour mon ami. L'un des brancardiers se bouchait les narines à cause de l'odeur. Belzile n'avait pas fréquenté de savonnettes depuis des lustres! De grosses pustules noires, posées sur sa figure comme des coccinelles sur une tige de fleur, achevaient de rendre l'air irrespirable autour du pauvre itinérant. Je voulus quand même m'approcher pour lui parler. Le plus âgé des ambulanciers me découragea:

— Laissez, monsieur! Ses signes vitaux sont à «off»! Il est mort.

Je tentai de lui expliquer que Belzile n'avait que moi sur la terre, mais mon paternel reprit vie, sortant de la boutique.

— J'étais en retard, ce matin. D'habitude, j'ouvre à 9 heures et demie. Hein, Sylvain?

J'acquiesçai.

— Après, je fais aérer la boutique en ouvrant la porte d'en arrière, pas vrai, Sylvain?

— Oui, oui.

— Je déroule les auvents et, à 9 h 34, je lui apporte ses bâtons forts dans un petit sac doré, hein, Sylvain?

— C'est correct, lui affirmai-je.

— Mais ce matin, j'ai ouvert à 10 h. Il a défoncé la porte pendant que j'étais en train de garer la voiture en arrière. Le pauvre vieux. T'as des assurances, non? Pour la porte, je veux dire.

— Oui, t'inquiète pas. T'aurais dû ouvrir plus tôt! Ce gars-là, il avait besoin de ses bâtons forts pour vivre, tu comprends? Ça faisait seize ans qu'il venait tous les matins.

Je sentais que Père ne pouvait pas comprendre qu'on puisse mourir pour des maudits nananes comme d'autres pour de la cocaïne. Père n'aimait pas les «robineux» qu'il tenait responsables de polluer le paysage de Montréal.

Je regardai s'éloigner l'ambulance en me disant que la vie de certaines personnes ne tenait pas à grand-chose. Belzile aurait pu mourir à l'Accueil Bonneau, à l'hôpital Saint-Luc ou au beau milieu du carré Saint-Louis, je ne l'aurais jamais su. Mais il est venu crever devant chez moi, la seule fois en seize ans que la boutique n'était pas ouverte à l'heure prévue. La vie de Belzile était réglée comme du papier à musique et il venait de terminer sa coda sur la pointe d'un soupir.

J'entrai dans ma boutique, mais je demeurai du côté des clients. Je ne sais pas ce qui m'a pris, mais j'ai dit:

— Monsieur, je prendrais bien une boîte de caramels mous... et des bêtises de Cambrai. Deux boîtes, s'il vous plaît.

Surpris, Père entra dans le jeu.

— Bien sûr, monsieur. Un emballage cadeau?

— Ce ne sera pas nécessaire, c'est pour mon usage personnel.

— Ça fera 19,37 $, monsieur.

Je lui tendis un billet de 20 $. Il me rendit la monnaie. Je me mis à rire aussi.

— Votre dame n'est pas là?

— Elle est chez le coiffeur. C'est vendredi.

— Ah bon! Saluez-la de ma part.

J'éclatai de rire et Père aussi. Sans trop savoir pourquoi, nous avions joué au magasin tous les deux, comme lorsque j'avais cinq ans. Nous étions comme un vrai père et son fils. Avant que maman ne meure à cause de la cigarette. Je serrais très fort mon sac doré. Pour la première fois, je me sentis parfaitement heureux.

La journée suivante, la septième, je fus réveillé par la sonnerie du téléphone: «Le docteur veut vous voir ce matin.» C'était madame Amyot, la réceptionniste de mon psychiatre. Elle était bonne, celle-là! Des années durant, j'avais dû harceler madame Amyot afin de pouvoir me glisser dans l'agenda de mon thérapeute, parfois serré entre deux dépressions nerveuses ou lâché derrière une tentative de suicide. Souvent, je devais lui promettre un kilo de pâte d'amande pour qu'elle me donne la place d'un autre patient parce que j'avais un immense besoin de voir Jérôme. Et ce matin-là, c'était madame Amyot qui me téléphonait pour m'exhorter à venir voir Jérôme. Je n'avais pas l'intention de retourner le voir. J'avais pourtant réglé ça! Mais la dame insista vraiment. Je lui promis d'être là vers 11 heures. Elle eut du mal à contenir sa satisfaction. Le docteur allait répéter qu'il était chanceux d'avoir une réceptionniste aussi dévouée.

Je n'avais pas l'intention de me présenter à la clinique à l'heure convenue. Je déteste la ponctualité et je trouve que les gens qui se présentent à un rendez-vous à l'heure pile sont de cavaliers louvoyeurs. Arriver un peu avant l'heure est presque une impertinence, et moi, je me présente toujours avec cinq minutes de retard. Alors, mon «rendez-vous» regarde sa montre, constate que je ne suis pas encore arrivé, il desserre sa cravate, se sert un café ou prend le temps d'aller pisser. C'est que je lui rends service, moi! Les gens ponctuels ne vous laissent jamais de répit. Moi, si!

Comme c'était ma dernière journée de congé, je passai l'aspirateur. Timinedeux laissait des poils partout. Mes habits foncés en étaient tellement couverts que même s'ils étaient taillés dans du cachemire de la meilleure qualité, on aurait juré du poil de chameau! C'est le problème avec les chats.

Ensuite, je fis le tour de la maison que je scrutai comme si j'allais la visiter pour la dernière fois. Tout semblait normal. Je descendis à la cave. Je n'y étais pas retourné depuis les photos de Pye sur la corde à linge. Je n'avais pas pris le tisonnier. Au bas de l'escalier, j'inspirai profondément. Une toile d'araignée me frôla tendrement le visage, je l'y laissai pour la chance. J'arpentai la cave d'un soupirail à l'autre, m'attendant à dégoter un indice qui aurait pu témoigner de la présence jaune. J'étais rassuré, à tel point que je remontai à la cuisine et me servis un verre de lait.

Je nourris Timinedeux, lui flattai la tête entre les deux oreilles et appelai un taxi.

Il me déposa à une heure de marche de la clinique. J'avais du temps à revendre. Il faisait doux pour une fin novembre. Les édifices du centre-ville arboraient déjà leurs décorations de Noël. Je sifflais doucement «Mon beau sapin». J'avais désormais toute la vie devant moi. Toute ma vie derrière.

Je m'approchai d'une librairie. Sa vitrine du temps des Fêtes exposait des bouquins alléchants qui me laissèrent indifférents. Des livres qui portaient sur les cigares, les vins, les décorations de Noël à fabriquer avec presque rien, les albums pour les enfants et des livres de La courte échelle, comme s'il n'y avait qu'elle pour nous permettre de grimper au sommet. Pas d'autres romans québécois, encore moins un polar de Sylvain Dupont.

Je levai discrètement les yeux pour étudier la clientèle. Parmi les dizaines de bouquineurs, *elle* était là. Cette fois, elle n'allait pas m'échapper. Je grimpai les marches de la librairie en titubant presque tellement j'étais énervé. Je me foutais du regard étonné des autres clients. Je la saisis par les épaules avec l'intention de ne jamais céder. Elle poussa un petit cri de surprise. Elle allait sûrement se débattre et me fouetter la figure avec son petit sac à main, mais je devais lui parler. Dès qu'elle me reconnut, elle me fit son plus joli sourire, aussi optimiste qu'un biscuit de fortune.

— Oh! Monsieur Dupont! Comme je suis heureuse de vous revoir!

— Madame Chang! Vous, enfin!

— Vous avez l'air en santé. Toujours dans la confiserie? Sans réfléchir, je répondis:

— J'imagine, oui.

— Je regrette tellement monsieur Dup...

Je l'interrompis avec véhémence.

— Vous... vous regrettez?

— Oui, monsieur Dupont.

— Ah bon?

— Mon docteur m'a découvert du diabète très avancé... coma diabétique... trois fois... insuline...

Ma tête bourdonnait au point de me faire perdre des bouts de phrases.

— Pauvre vous… arrivai-je à balbutier.

— Plus jamais de chocolats, de nougats. Plus jamais de bonbons aux fruits. Je suis allée une fois pour vous le dire, vous n'y étiez pas. Mon fils aussi est allé…

— Vous avez un fils, madame Chang?

— Il est parti pour Saigon la semaine passée. Je vous raconterai un jour.

Je ne me contenais plus.

— Et… et votre fille?

— Pye? Ah, elle est partie enseigner à Vancouver. Dommage, vous auriez fait un bon mari pour Pye, si vous aviez voulu.

Ma vieille Chinoise éclata d'un rire de gong. Les autres clients se retournèrent pour nous observer.

— J'ai été tellement malade, monsieur Dupont. Deux mois au lit. Mais je suis mieux maintenant. Bonne chance. Je suis sûre que votre prochain livre fera un triomphe! Au revoir.

Madame Chang m'abandonna au milieu des bouquins, sans que je tente quoi que ce soit pour la retenir. J'étais interloqué. Toute ma théorie asiatique venait de s'effondrer. «Je suis sûre que votre prochain livre fera un triomphe», avait-elle dit.

Ma tête allait éclater. Je me rappelai soudain mon rendez-vous avec Jérôme. Se pouvait-il que je ne sois pas encore tout à fait guéri?

Chapitre 16

Jérôme était assis dans la pénombre comme un caïd trahi. Respectant son silence, je m'installai dans le fauteuil devant lui. Il ne souriait pas. Sur son secrétaire, une carafe d'eau fraîche et un verre à pied en cristal. Il avait les mains croisées sur un livre de cuir rouge. Ses yeux cernés me fixaient comme ceux d'un juge insomniaque qui a une mauvaise nouvelle à annoncer. Je coupai le silence qui était horrible à supporter.

— Tu... tu voulais me voir?

Jérôme ne bougea pas d'un iota. Il ne se cala pas dans son siège, ne décroisa pas les mains et ses yeux cernés continuèrent à me filmer. Angoissé, je lui demandai:

— Qu'est-ce qui se passe, à la fin?

Mon psychiatre déplissa les lèvres, bougea la main droite, baissa les yeux puis les reposa sur moi.

— Sylvain, je t'ai couillonné! Tu peux pas savoir comme je t'ai couillonné!

— Pas du tout! Au contraire, tu m'as aidé à prendre conscience de moi-même, tu m'as fait cheminer, tu…

— Sylvain, tout ce qui t'es arrivé, les Chinois et tout, c'est à cause de moi.

Je ne savais pas de quoi il voulait parler. Jérôme m'imposa de me taire et de l'écouter. Ce que je fis. Mon psychiatre m'avoua que tout de suite après que je lui eus annoncé l'offre de madame Chang d'épouser sa fille et la présence de Chinois à tous les coins de rues, il avait eu l'idée de prendre la relève. Dès qu'il avait su que je tentais d'écrire mon roman en parallèle à ma propre vie.

— Tu m'as tellement dit que tu n'arrivais plus à écrire. Que ton imaginaire manquait de zeste. J'ai fait en sorte que tu n'en manques plus. Sylvain, j'ai tout scénarisé… pour toi. J'ai mis tout mon temps libre afin de créer pour toi des situations qui allaient te permettre d'écrire ton meilleur roman et de devenir un écrivain respecté. Je n'ai pas cessé de penser à toi.

C'est incroyable comme on ne connaît pas vraiment les gens que l'on croit connaître. Ainsi appris-je que les bruits dans la cave, c'était Jérôme.

— Tu m'as dit à quelques reprises que tu laissais la clé à un clou derrière le lilas japonais.

Les fenêtres déplacées de leur cadre, les détritus près du caveau à légumes, la savonnette dans la douche, les photos sur la corde à linge, c'était lui. Je sursautai à l'évocation du passé.

— Et Timine? lui lançai-je, prêt à brailler.

— Je ne voulais pas la tuer. Juste l'endormir pour qu'elle arrête de me griffer dès que je l'approchais. Je ne voulais pas... d'ailleurs, c'est pourquoi je t'en ai offert une autre toute pareille. Ça, je le regrette vraiment. Vraiment, Sylvain!

Tantôt je perdais courage, tantôt j'explosais de dégoût. Faire croire à un pauvre crétin que sa petite chatte est la réincarnation de sa pauvre mère morte! «Petit bizouquet, je suis revenue auprès de toi», avait-il écrit. Mon thérapeute tremblait pendant qu'il continuait la narration de ses frasques. Il avait également emprunté une signature vaguement orientale sur le bas des traites bancaires et la jeune caissière ne s'était aperçue de rien.

— J'ai vendu ma petite maison du Plateau Mont-Royal. J'étais prêt à tout te donner pour que tu...

— Pour que j'épouse la fille de madame Chang? Pour que je renonce à Louise?

— Pour que tu écrives ton meilleur roman, Sylvain.

Nous nous tûmes tous les deux durant de très longues minutes. J'étais convaincu que j'écrirais mon meilleur polar. Marcel Sébastien allait s'imposer dans l'imaginaire collectif, se hisser auprès de Sherlock Holmes et d'Hercule Poirot. Mais j'avais devant moi un pauvre type qui avait bousillé son équilibre pour me redonner le mien. Je n'étais pas habitué à autant d'altruisme.

J'étais atterré. Complètement éteint, comme un vieux mégot abandonné. Jérôme avait habité ma vie en secret comme une blatte dans le coin d'un placard. Et moi, j'avais marché dans tous ses scénarios. J'avais été sa marionnette et j'avais agi exactement comme il l'avait voulu.

Je fixai Jérôme et je n'aimai pas ce que je vis à ce moment-là.

— J'ai voulu t'aider, Sylvain, et je suis certain d'avoir réussi. Tu vas devenir un grand écrivain. Pas mal, le cœur de veau, hein? Tu m'as devancé avec ta main coupée au niveau du bracelet de montre. J'ai répliqué du mieux que j'ai pu.

Il semblait fier de ce qu'il avait fait. Durant quelques mois, j'avais revu ma mère, je m'étais imaginé que je plaisais à une grosse fille et j'avais profondément détesté mon père.

J'étais en train de devenir furieux. Ma colère se développait à mesure que je revoyais certaines scènes habilement orchestrées. J'étais aussi en train de terminer officiellement ma thérapie. A-t-on idée de tout raconter à un parfait inconnu dont on a pris le nom dans un annuaire téléphonique? Ce n'est pas prudent, surtout s'il a une imagination qui défie la vôtre.

Je me levai et quittai le cabinet de Jérôme, le laissant hésitant entre sourire et larme. Je me sentais comme un comédien qui vient de jouer sa dernière scène. Sans saluer. Sans dire merci. À cause de Jérôme, j'avais perdu Timine et Louise. À cause d'un thérapeute fou, j'étais devenu le pire des connards.

J'entendis le cliquetis de la porte de métal roulant sur ses gonds revêches. La porte se referma sur sa voix qui hurlait:

«Je ne pourrai plus me passer de toi, Sylvain! Jamais!!»

Chapitre 17

J'ai terminé mon roman hier soir. En voici la fin.

Julio était coupable de tout. Le juge l'avait décrété. Coupable d'avoir assassiné Hermine. Coupable d'avoir semé la zizanie dans la vie de Marcel Sébastien, coupable de l'avoir rendu fou, désormais.

Mon éditeur me l'a promis pour le printemps si tout se passe bien. Il a affirmé que c'était mon meilleur roman.

Ce matin, Louise est venue déjeuner avec moi. Nous avons mangé en silence des tartines de confiture aux framboises et du fromage marbré, celui qui sent l'entrepôt de l'épicerie. Le café goûtait le Postum et madame Laporte était de mauvais poil, comme Timinedeux.

Parlant de ma chatte, c'est Louise qui l'a prise chez elle. Depuis qu'elle a été larguée par son Baobab (paraît qu'il avait deux autres épouses dans son pays), ma copine s'est attachée à moi. Elle adore l'inaccessible.

Quant à Père, il ne vient plus me porter de caleçons molletonnés. Il est mort, il y a un mois. Un cancer fortuit. Il a beaucoup souffert. Ils m'ont laissé assister à ses funérailles. J'étais accompagné de deux policiers, comme le premier ministre. Deux bons bougres qui m'ont offert des beignets au sucre après la cérémonie.

J'ai vendu ma confiserie à un Vietnamien. Il vend des paparmanes et de la gomme Bazooka. C'est moche, mais c'est comme ça, la liberté.

J'attends l'infirmière. À mon arrivée ici, on m'a assigné un autre psychiatre. Une dame, cette fois. Ça fait quatre fois que je lui jure que je n'ai pas tué Jérôme.

Je ne peux pas l'avoir tué, puisque c'est lui qui décidait de tout.